養老孟司の幸福論

まち、ときどき森

養老孟司

中央公論新社

はじめに

頭で考えるのはともかく、実際に体を動かすのはたいへんです。虫捕りをしていれば、それはよくわかります。私はもう後期高齢者ですから、しみじみそう思うことがあります。

現代の日本人のほとんどはサラリーマン、それがまっとうな職業だと思われています。たしかにそうなのですが、それは単に数が多いから、という面もあるのではないでしょうか。自分で体を動かして、モノを相手にする。こういう仕事に従事する人が減ってきてしまいました。

それはそれで仕方がない。そう思いますが、そうした作業から学ぶことが多いことは、長く生きていて実感します。いつも人工物に囲まれ、人工照明の下

て、いいものでしょうか。

で、風も吹かないし、お日様の位置もわからない。そういう暮らしを続けていそういう生活が可能になったのは、エネルギーが豊かだからです。エネルギーが十分にあれば、まさに省力化できます。でもその分、エネルギーを使います。それがいつまでもつのか、原発の問題を見ても明らかでしょう。

現在の日本人は自分が食物からつくり出すエネルギーの四〇倍の外部エネルギーを消費している、という計算があります。それが可能なうちはいいのですが、できなくなったらどうするのか。それだけが問題なのではありません。そうした「豊かな」エネルギーの下で暮らすことが、真の生き方なのか。今はそれが問われている時代だと思います。

そんなことをいっても、急に生活は変えられない。それは当然です。むしろ変えなければならないのは、考え方なのです。「ああすれば、こうなる」でやってきた生き方を、もう一度、具体的に考え直す。

森のことを考えることが、そういう思考につながっていけばうれしいなあ、といつも思っています。自分のことでもないのに、余計なことをしている。そう思いながら、森について考えているのです。

二〇一二年十二月四日

養老孟司

写　真　長坂芳樹
本文組　細野綾子

目次

I

人生は豊かでなければならない

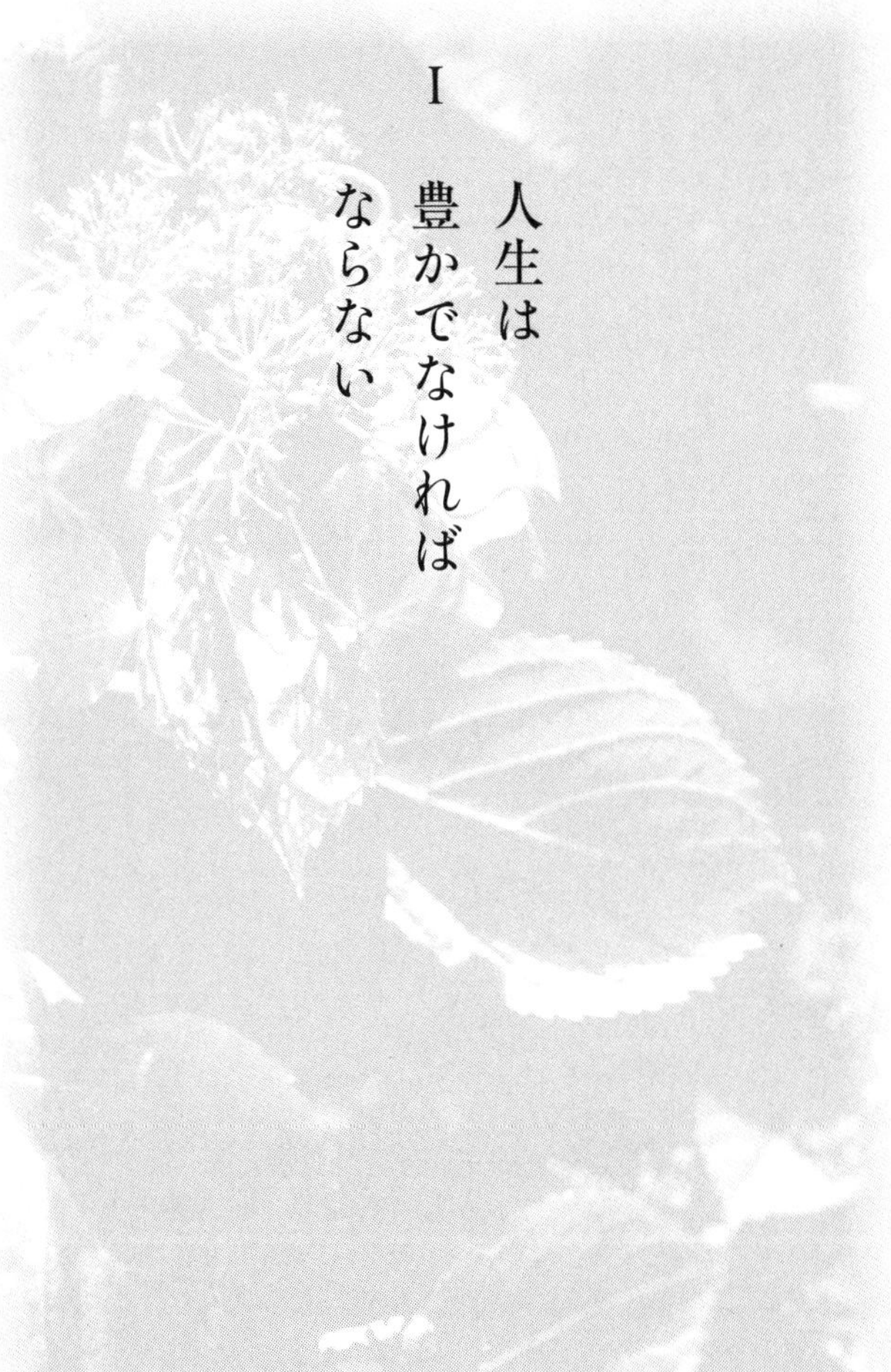

1　ふたつの世界

信頼感

恩師について書いてほしいという注文で、次のような短い文章を書いたことがあります。

まず、この文章を読んでいただき、少し大きなテーマになりますが、私たちが生きている世界について考えてみたいと思います。

「恩師と教育」というタイトルの文章で、それはこのようなものでした。

別に夫婦だけではない。先生も医者も、相手との相性がある。大学時代の恩師を私は敬愛していたが、同じ先生を嫌った人も当然あったのではないかと思う。

でもそういうことは、どうでもいい。私が教わっていたことは、盗むことである。東京大学全体のことは知らない。でも私が在籍していた頃の東大の解剖学教室には、その伝統があった。

恩師は、俺は何も教えた覚えはない、というのが口癖だった。弟子が何か学んだとしたら、せいぜい弟子がそれを師から「盗んだ」だけである。恩師のそのまた先生が同じだった。その先生にもお弟子さんが多かった。孫弟子の私から見ると、そういう先輩たちにはどこか似たところがあった。師を見てときどき真似ているうちに、似てしまったのだと思う。盗んだだけではない。「伝染《うつ》った」のに違いない。飼い犬と飼い主が似てくるのと同じことかもしれない。

ただその根底にいくつかのことがある。

まず第一に、信頼である。私が師を選んだのはそれが第一だった。師は親と似たようなものだから、信頼できなければ、それこそ話にならない。私はたまたま敗戦の日に小学生で、世間の転変を知っている。だから信頼できる相手でなければ、師と仰がなかったはずである。恩師は、東大医学部が元凶だとされたあの東大紛争の時に、二期四年学部長を務め、紛争を終息《しゆうそく》に導いた人である。多くの人、それこそ造反学生にも信頼されなければ、あれはできなかったはずである。恩師以前の学部長は、現在の日本国首相のように、コロコロ変わった。

第二に、愛情である。恩師は愛情の強い人だった。小さい時に両親に死に別れ、親戚に育てられたというから、寂しがり屋でもあったが、それがよいほうに出たと思う。人が好きで、好きな人に囲まれているのが好きだった。人をうるさいと思う人では、教育者に向かない。私自身がそうだから、わかる。

恩師の旧制高校在学時に、同室の友人が精神の病に冒された。若気の至りで「自分が治してみせる」と決意し、北海道の牧場で一年を一緒に過ごしたという。おかげで一年留年することになったが、友人は治らず、やがて亡くなった。今、誰がそこまでするだろうか。恩師の定年のお祝いに、その牧場主の奥様が来られた記憶がある。

第三に、人への理解である。恩師の口癖は、「教養とは人の心がわかる心」だった。どんな相手にも、心を開いて接することができた人だったと思う。ダメな人にはダメなりに、である。恩師が心を開いていることがわからない人がいたのは、やむをえない。恩師のせいではない。

思えば、私は師に恵まれた。あらためてそう思う。よい忠告もあった。大学に残ろうか、どうしようか、学生時に迷った時に、研究者だった義兄から、大学に残って研究をしようと思うなら、先生だけは尊敬できる人を選べ、といわれた。それで、恩師を選び、それがよかったのである。

現代人はたがいの信頼感が薄い。貧しい時代ほど信頼の大切さを知る。自分のつくり出すエネルギーの四〇倍という外部エネルギーを平気で消費している現代人たちには、人自体のありがたさは、わかりにくいに決まっている。万事は外部エネルギーを増やせばすんでしまうからである。馬鹿な時代状況をつくっておいて、教育だけを論じても意味がない。

私の恩師とは、亡くなられたが、中井準之助先生である。そのまた先生とは、小川鼎三《ていぞう》先生である。

最後のほうに出てくる「外部エネルギー」については、後で触れます。

さて、「盗む」、「伝染る」とは、ひらたく言えば、「真似をする」ということです。徹底的に真似をすることが、すなわち学ぶということだ、と言えば、今の人には、何のことかわからないかもしれません。ただ、茶道、華道、そして歌舞伎をはじめとする伝統芸能の世界では、今でも徹底的に師匠の真似をしながら芸を習得しています。

ぼくは医学部に進みましたが、その当時、ぼくがいた世界もこの芸道に似ていたのです。先に書いた文章は、東京大学での恩師との出会いについて書いたものです。そこでも、先生たちの真似をすることから、すべてが始まりました。

真似ができるのは、「形《かた》」です。形は、形—中身というように、中身と対《つい》になっている概念です。研究で言えば、中身は研究の主題、テーマです。この「中身」については真似ができません。それぞれに見つけるしかありません。

研究テーマを追究していく仕方が形。この形には、テーマをどのように追究していくかという考え方から、ある道具をどういうところに使ったらいいかという具体的なポイントまでが含まれます。

ぼくの先生は中井準之助先生で、その先生が小川鼎三先生です。大学院に進んだ頃には、小川門下がたくさんいました。今考えてみるとおもしろいなと思うのですが、彼らは遠くから見ても、なぜかすぐに小川門下とわかる。弟子がみんな小川先生の雰囲気になっていたのです。

真似ができるのは形だけで、学生は知らず知らずにその形を学び、身につけていった。そうして、門下生一人ひとりが漂わせている空気までが小川先生に似てきたのだと思います。

虫を例にとって言いますと、標本がふたつあって、どうも種類が違うらしいということになったら、どうやって調べるか。ふつうだったら、大きさを測ろうとするかもしれません。でも、ぼくの先生はまず見る。見てわかれば違うのは明らかだし、見てわからなければ、測ってもわからないんだと言っていました。今でも、これはそのとおりだなと思います。

見てわかれば別の種類に決まっています。人間は、これとこれが同じ種類で、これとこれは違うんだということを見分ける目、つまり自然の中の差異を認識する目を、太古からずっと具えているわけです。

でも、若いうちはそれでも測りました。さんざん測って、目で見てわからないものは測ってもわからないという恩師の結論にいきつくわけです。そうやって、自分の目を信頼するという「形《かた》」が身につきました。ぼくは、それを鍛えることで今までやってきました。恩師の道をたどり、その正しさを確認する作業だったと言えるかもしれません。

百里の半ばを九十九里とする

真似をするとは、その先生がしたとおりにしてみることです。真似をするなんてもってのほか、それでは、個性やオリジナリティ（独創性）が育たないと、非難する人もいるでしょう。でも、不思議なことに、徹底的に真似をすることによって、個性が発見されるのです。

学生が先生の形を何から何まで真似てみる。弟子が目を皿のようにして師匠を観察し、それをなぞろうとする。そうやってどんなに似せようとしても、先生と学生、師匠と弟子の二人の形がぴったり同じになるわけではありません。真似をしようとしても、どうしてもできないもの、ほんの少しではあるけれども、師匠の形どおりできないところが残ります。弟子が師匠の形に近づくように練習を重ねて、二人の形がまったくイコールにならないならば、そこにあるのは、師匠の個性であるか、弟子の個性ということになります。

中世のヨーロッパでは、職人の親方と徒弟という身分秩序のもと、徒弟は親方の家で寝食をともにしながら技術を習得していきました。その後さらに、各地で働き、試験に合格すれば親方として独立できました。日本にも丁稚《でっち》や手代《てだい》という言葉で続いてきた徒弟制度がありました。たとえば、江戸時代の商家では、丁稚さんは、番頭や手代から礼儀作法や商人としての「いろは」を徹底的に叩き込まれました。これには、言葉で教えてもらうというものもあったでしょうが、目で見て覚える、真似して覚えるという面が多分にありました。

戦後の日本では、この制度が完全に崩れます。入れ替わるようにして、「個性」、あるいは「自我」がもてはやされるようになった。ただ、この個性は、先人を徹底的に真似して、その先に見えてくる個性ではありませんでした。今の人は、真似なんかしたら個性がなくなると思っていることでしょう。でも、事情はまったく逆だということを伝えたいと思います。どんなに真似しようが、自分がなくなるわけがない。真似の果てに見えてくるもの、それこそが本当の個性である。こう思って、まずは信頼・信用が置ける人を徹底的に真似してみることを勧めます。

芥川龍之介は、『侏儒《しゆじゆ》の言葉』に、「天才とは僅《わず》かに我々と一歩を隔てたもののことである。只《ただ》この一歩を理解する為《ため》には百里の半ばを九十九里とする超数学を知らなければならぬ」と書いています。これは、天才と凡人の差を印象的に表現した言葉ですが、真似と個性の問題にも読み替えられます。「九十九里」は真似の部分、残りの一里が個性と考えてみるといい。最後の一里は、残りの「九十九里」に匹敵するような重みをもっていて、そこに個性が表れるわけです。

戦後の日本において、個性が重んじられるようになってきた傾向は、よい面だけをもっているわけではありません。今、日本人に、人生は誰のものかと聞けば、ほとんどの人から、それはその人のもの、自分の人生は自分のものだ、という答えが返ってくるのではないかと思います。あなたの人生は他の誰のものでもない、あなた自身のものだ、というメッセージが、至るところから発信されています。

そして、死も自分のものだと思っている人が多い。しかし、夜寝て、朝そのまま目が醒めなくても、寝た当人にとっては何の関係もない。まわりの人はあわてるでしょうけど。私が、今晩ベッドに入って、そのまま死んでしまった場合、出版社は困るかもしれないけれど、私は困りません。困ることさえできないのです。理由は簡単で、死んでしまっているからです。人は、自分の死を体験することはできないのです。

現代にあって、自分の死が自分にとって何か意味があるように思っている人が多いようですが、それは間違いです。自分の死は、自分には意味をもたないものなのです。「私」という一人称にとって、死は意味がないと断言できます。

それでは、誰の死が意味をもつのでしょうか。ニュースでは、世界各地で見知らぬ他人がたくさん死んでいることが伝えられています。でも、多くの人はこれらのニュースを見ても、なんとも思っていないのではないでしょうか。もちろん、ひどい話だくらいの感想はもつでしょうが、肉親の死と比べたら、無に等しいはずです。先ほど、一人称の死が意味がないと言いましたが、赤の他人、つまり三人称の死も意味をもっていないということになります。死というのはかならず、親しい人の死、顔や声を知っているような二人称の人の死だけが意味をもちうるということです。

そして、自分の死が自分のものではないように、自分が生きているのも、自分のためではありません。究極的に言えば、人が生きているのは、世のため、人のためです。しかし、それは日本社会のためだとか、日本人という大きな共同体のためだとか、そういうことではありません。三人称の死は意味がないと書きましたが、生きることも三人称の誰かのためではなく、人生は親しい二人称のためにあるのです。

徳目として「親孝行」が言われた時代には、子どもが親よりも先に死んでしまうことは親不孝の代表とされました。これは、言葉にしなくても、死がかならず二人称の死であることが、人々の共通認識としてあったということです。こういう時代には、子どもが勝手に自殺をすることはありませんでした。ところが、今は子どもが自殺をする。自分の人生が誰のものなのか、ということを正しく捉えられなくなった末に、こういうことが起きているのではないかと思うのです。

これは、「個人」、「自我」が盛んに論じられて、正面に出てくることで起こってきた間違いです。親孝行なんていう言葉を持ち出しても、今は、封建的だと言われてしまうだけでしょう。その結果、子どもも親も自分の生死は自分のものだと思い込むようになってしまったのだと思います。最近、ここにたいへんな誤解が発生しているという気がしてきました。

好きな言葉でよく引用するのですが、「人生の意味は自分の中にはない」のです。これは、アウシュヴィッツでの経験を綴った『夜と霧』(みすず書房)で知られるヴィクトール・E・フランクルの言葉ですが、言い換えれば、ロビンソン・クルーソーに生きている意味はあるのか、ということです。ロビンソンは孤島で一人暮らしをしています。彼の人生の意味は、彼自身の中にはない、そして島にはほかに人はいないわけですから、ロビンソンの人生の意味はどこにもないということになります。これでは生きている意味がないのではないか、ということです。

親孝行

日本で最近よく聞かれるようになった、「あなたの人生だから、あなたが決めなさい」という言葉は、私からすると、冗談を言ってもらっては困る、という感じです。

先のフランクルの言葉は、二人称とは誰のことか、それをどう考えるべきか、そのヒントをくれます。収容所のような、見ず知らずの人に囲まれる状況に追い込まれても、彼は、自分の人生の意味は自分の中にはないと、言います。強制収容所に入れられてしまうと、それまで何の関係もなかった人たちと一緒にさせられます。まったく知らなかった人たちと縁ができるのです。

「縁」は仏教用語ですが、この言葉がいちばんわかりやすい。つまり、二人称の関係になるのは、かならずしも家族に限られない。普段でも、一緒に働いている人だったり、何かの会合でたまたま知り合った人とも縁が生じます。

ただ、フランクルには信仰があったので、彼には、最大の二人称、つまり神様がいた、ということも大きいはずです。キリスト教の文化では、神様に与えてもらった命を自分で勝手に始末してはならない、命は神様に預けていると考えます。神様がいない日本では、命の問題を、そういう語り方では語れませんから、命を粗末にするなということは、親孝行という言葉に託されてきたのです。

親よりも早く亡くなることは何よりもいけないことだ。残された親の悲しみは限りなく深い。自分の命を自分よりも大切に思ってくれている人がいる。こういうことを子どもに教え、おまえの命はおまえだけのものではない、勝手に死ぬな、というのが、親孝行の内実でした。

特攻隊に配属されたものの、辛くも命を落とさずにすんだ人々は、後のインタビューで口をそろえて言います。「まわりのため」、「家族のため」、「親のため」、「将来の子どもたちのため」に死のうとしていたと。国家や天皇という抽象的なもの、つまり三人称のために死のうという気持ちではなかったのです。彼らの生は、やはり二人称のためにあったのです。

ところが、私利私欲を捨てて、上官や主人など目上の人に忠誠を尽くすよう強制された時代にこりごりしたのか、あるいは、この特攻隊の悲劇があったからか、戦後、「親孝行」という言葉に託されてきたものはきれいさっぱり消されることになりました。そして今、子どもは自分の命は自分のものだと思い込み、みずから命を絶ってしまうのです。親孝行という理由以外に、子どもの自殺を止める手だてを考えなくてはならないような状況になっています。

まだぼくが四〇代の頃に、七〇をすぎた、一人のおばあさんから聞いた話が今でも忘れられません。このおばあさんは少し風変わりなところがある人でした。若い時に、お兄さんが左翼運動が原因で自殺し、それがいまだに堪《こた》えているのだと、涙ながらに訴えたのです。私はこの時、自殺が近親者にいかに大きな影響を与えるかを学びました。

お兄さんとしては、家族に迷惑をかけたくないという気持ちが強かったのでしょう。しかし、死んでも死ななくても、妹さんには迷惑がかかってしまったのです。もし戦後まで生き延びていたなら、それはもうお兄さんの時代になったわけですから、生きていたほうがよかった。生きていなくてはいけなかった。ただ、これは、生きることに意味があるという話とは違います。

そうではない。死んではいけない理由は、自分の命は自分のものではないからです。自分で自分の命を絶ってはいけない。その死を受け止めなければならない二人称、この場合で言えば、その後、兄の死をずっと引きずって生きなければならなかった妹の存在があるのです。言い方はおかしいかもしれませんが、生まれてしまった以上、人は生きている義務がある。二人称の人たちを悲しませないために。

子どもというのは、元来いちばん死から遠いものです。その彼らが、死ななければならないところに追い込まれてしまうのは、本当にかわいそうです。ただ、今の子どもたちの中には、自分が死んだら親が泣くだろうなんて、思ってもみない子もいるかもしれません。あの親が、まさか泣くわけないじゃないか、と。ここまで来てしまうと、私たちは共同体のつくり直しに取り組まねばならないでしょう。

かつて、日本人を動かしていた論理のひとつ義理人情は、たしかに時に息が詰まるものであり、人間を縛るものでもありましたが、それがあるから、人間が生きていけたというところもあった。今の都市で暮らす人々には、義理人情がうっとうしいということも想像がつきます。ただ、それが失われることの代償は小さくなかった。

義理は濃いめの人間関係、人情は他人への同情なり思いやりと考えればいい。こういうことにちゃんと向き合うことが、人生の意味であり、意義かもしれないな、と最近思うようになりました。

子どもの自殺の問題は、教育の現場だけで解決できるような問題ではありません。社会の問題でもあり、家族の問題でもあります。一家の亭主も、自分の人生の意味を探すぐらいだったら、奥さんや子どもに「孝行」すればいい。そういう家庭であれば、子どもは生き延びてくれるのではないかと思います。

「自我」や「個性」は聞き飽きた

自分の人生が自分のものだという発想は、今に至るまでどんどん強くなってきました。個人の発見や個性の確立といった問題が最初に取り上げられた時期は、明治にまで遡ります。いちばん象徴的なのは、夏目漱石の講演「私の個人主義」でしょう。漱石は、当時の日本で、この問題についていちばん悩んだ日本人だったと思います。漱石は深く悩みましたが、結局、答えは出なかった。そして留学先のイギリスでは機嫌が悪く、精神を病み、日本に戻ってきてからは胃潰瘍になった。義理人情の共同体であった日本社会から、個人が確立したイギリス社会に行ったなら、引っかかるものは多いはずです。

戦後、アメリカ式の考え方が入ってきましたが、「個人」、「個性」の強調ということを考えた場合、ここがひとつの転換点になっているように思います。アメリカ社会は、特に「個人」であることを強いるような社会です。アメリカの家庭を訪問すると、まず、「お茶にしますか、コーヒーにしますか」と尋ねられます。どちらかを選べというわけです。日本の家では、黙ってお茶、そして、あり合わせのお菓子が出されます。日本では、その時の好みなど、聞かれもしないのです。このアメリカ式には、私はずっと違和感がありました。

ある時、アメリカのテレビの一場面で、三歳の誕生日を迎えた女の子が木の車を買ってもらっていました。まわりの大人は口々に、「この車の色はおまえが決めるんだよ」と言うわけです。こうやって、「選択する自分」を意識させながら、自我をつくっていくのがアメリカ式なんだなあと感じたのです。人生のさまざまな場面で、この選択はおまえがやるんだよ、と言い続けるのです。

このことは、英語では文章に、かならず主語が必要となることと密接に関連しているように思います。以前、モントリオール大学の金谷《かなや》武洋《たけひろ》さんに話を聞いたことがあるのですが、近代言語で絶対に主語が必要な言語は七つしかないそうです。われわれは、日本語は主語がないから論理的じゃないなどと言われてきました。でも実際は、主語があるほうが例外なのです。

もっとも、ヨーロッパの言語も、過去に遡れば、主語がないのが当たり前です。たとえば、格変化がしっかりしているラテン語に主語はいりません。

「Cogito, ergo sum.」とは、デカルトが『方法序説』で述べた哲学探究の原理ですが、「私は考える、ゆえに私がある」と訳されます。「考える」(Cogito)、「したがって」(ergo)、「ある」(sum)に含まれるふたつの動詞は、一人称単数に応じた格変化をすることで、主語を明示しなくても、意味が伝わるのです。「am」と言えば、「I am」に決まっているんだから、余計なことを言う必要はないだろう。「am」とだけ言えばいいんだよと、冗談でアメリカ人に言っています。それでも、アメリカ人はかならず「I」と言う。この「I」がどこから出てきたか、それは、文化的に要請されたものなんだと考えると、すんなりと納得できるのではないかと思っています。

一方、日本人はどうでしょうか。個性が重視されている現状の背景には、アメリカ式の考え方がちらついて見えるように思います。ただし、全部がアメリカ式になっているわけではありません。小学校に行こうとする子どもに、「どれを選ぶかはあなたが決めなさい」なんてことをやっている親は少ないでしょう。

そしてたとえ、そういう場面で子ども自身に選ばせるとしても、「好きにしなさい」で終わるはずです。ただ、この「好きにしなさい」は、日本という国にいる限りは、アメリカ式に徹頭徹尾自分で選ばせることではありません。親が変だと感じるならば、「それ、おかしいよ」と世間の感覚に合うよう調整を促す。それは、まわりをよく見て、違和感を感じさせないように選びなさいということです。この「世間」という鏡があるので、日本人はいつまでも「I」の世界にたどり着かないのでしょう。今の学生に何かを決めさせようとしても、「先生、決めてくださいよ」と言うのが関の山です。しかし、そうやって育ってきた日本の子どもたちに、アメリカ式のディベートを教えたいのだという。まわりの顔色を見ることが習い性になっている子どもに、何がディベートだと言いたい。笑い話です。

人事の世界と花鳥風月の世界

最近、ある本を読みました。これは、企業の経営者によって書かれたものでしたが、読みながら、もう一〇年以上も前に読んだ『14歳の私が書いた遺書――いじめ被害少女の手記』（原くるみ著、河出書房新社）という本のことを思い出しました。二冊の本は、その世界がよく似ていると感じたのです。いじめの被害者であった女性は、何度も死のうと思ったといいます。大人になった彼女が、当時を振り返り、同じようにいじめで苦しむ若者に贈りたいと、本にまとめたようです。私はこの本を読んだ時、これではいじめが深刻になる、と思いました。

性別も年齢も立場も違う、二人の人間が書いた本がよく似ているというのは、どういうことなのか。いじめの被害者が書いた本では、「先生がこう言った」、「親はこうだった」、「先輩はあの時こうだった……」、「兄弟はああだった……」と、人間関係ばかりが色濃く、克明に書き込まれているのです。そして、企業の経営者の本も、「あの人は……」、「この人は……」と続き、まわりの人間についての話ばかりなのです。つまりこの本は、彼の生きている場所に現れる事柄だけからなっている。好みで言うなら、ぼくはこういう本は嫌いなんです。

これらの本の世界には、虫がいません。虫がいないだけでなく、風も吹いていないし、地震もない。転んでヒザをすりむくことも、やけどすることもない。つまり、自然の描写がないのです。山川、草木、海など、人間がそこで生まれ、生活してきた場という意味に限定して、自然を考える必要はありません。私たち自身の体だって、自然であるわけです。

ところが、この二冊の本は、人間関係、つまり人事に尽きていて、自然、ぼくが言うところの「花鳥風月の世界」がない。花鳥風月などと言うと、誤解されそうですが、風流で特別なものとは思わないでいただきたい。人間の意識の外に、人間の意思とは無関係に広がっているものを、こう呼んでいるだけです。

昔から人間には、「人事の世界」と「花鳥風月の世界」があり、このふたつの世界の両方を行き来しながら、生きてきました。花鳥風月がない世界に生きている人は、全部が人事ですから、世界が半分になった状態で生きていることになり、そこでの刺激は倍になってのしかかってくるでしょう。

人間が自然の中で生きる時、自然は、ある時にはよいもの、ありがたいものですが、また別の時はおそろしいもの、悪いものになります。前者をプラス、後者をマイナスと簡単に表現すると、たとえば、自然のプラスは、「お天気がよくて気持ちがよい」。一方マイナスは、「ひどい台風が来て土砂崩れが起こる」。三陸の巨大津波もマイナスです。自然はひとつだけの表情、性格をもつものではないのです。そして、プラスマイナスがあるということで言えば、人間関係も同じです。褒められた、儲かった、怒られた、損をした……というようにです。いじめられた、というのは、この人事の世界のマイナスです。

つまり、「人事の世界」も「花鳥風月の世界」もそれぞれ、プラスにもマイナスにも変化し、その中で私たちは生きています。もちろん、普段生きている時に、人事の世界の事柄と花鳥風月の世界の事柄を、特に区別して考えることはないと思います。

どちらかの世界で何か大きなマイナスが起こった時、もうひとつの世界に駆け込めたら、そのマイナスをしのぎきれるかもしれません。子どもでも大人でも、逃げ場や隠れ家を見出せるのではないかと思います。人事の世界でいじめられている子どもが、花鳥風月の世界に逃げ込むことができれば、その子にかかる負荷は変わってくるはずです。学校や軍隊のようなところでは、いじめが発生しやすくなります。それを防ぐ最大の方法は、人の世界、管理の世界から逃れる道を用意しておくことではないかと思うのです。

仮に私だったら、と考えてみます。人事の世界でいやなことがあったら、どうするか。やっぱり虫を捕りにいきます。誰になんと言われようが、どんないじめ方をされようが、虫は関係ありません。

自然の世界を失ってしまった時、人はある意味では、畸形になってしまうのかもしれません。大人の世界が人事ばかりになってきているのはともかく、子どもの世界までがそうであってはいけません。子どもは野山をかけずり回るもの。自然の世界が半分具わっていなければいけないはずです。

私の母は、三人姉妹の長女として、神奈川県の田舎に生まれました。彼女は一九〇〇年生まれですから、もう古い話ですが、田舎に残って婿をとり、農家を継ぐのがいやだった。それで家を出たと聞かされました。結局、女学校から女子医専に入り、医者になりました。田舎風の人事、人間関係が嫌いだったというのです。

さまざまな面で、田舎には田舎の、古いしきたりや考え方があります。田舎に住む以上は、それに従わねばならないのは当然でしょう。母はそれを嫌ったわけです。医者を志すと決めたのは、麦畑の真ん中に寝ころんで、空を見上げていた時のようです。今も昔も、そして都会でも田舎でも、人事の世界が人の心に重くのしかかってくるのは避けられないことなのだと思います。

花鳥風月の世界を取り戻す。そのためにはどうすればいいのか。田舎に行け、そこで時を過ごせ。こう言い続けるしかない。都会の子どもたちが田舎に行けば、ゲーム機も何もないので、最初はぼうっとしてしまうかもしれません。最初は、そこでの遊び方がわからないかもしれない。でも、それでいいのだ、そこから始まるんだ、と私は言いたい。そこから、自分の組み立て直しが始まるのです。

2

貧相なる人生

昭和十二年十一月十一日の新聞

私は昭和十二年十一月十一日に生まれました。日中戦争が始まり、前年に若い男性が動員されたために、子どもの出生率が下がったといわれた年です。私が生まれた日の新聞を見る機会がありました。何年か前に、誕生日のお祝いだといって学生がコピーをもってきてくれたのですが、それは驚くべきものでした。ただそれを見ても、何も気づかない人が多いと思います。

この日の新聞は、中国大陸のさまざまな地方であった戦闘に関する記事で埋め尽くされていました。ぼくは、それを見て、あっ、と思った。この新聞には、書かれている情報以上に情報があるなと。新聞にはふつう、政治や経済や、殺人、事故、火事などの記事があるもので、それらが雑然と掲載されていて、その時の社会の様子が表現されている。ところが私が見た新聞は、日本軍の戦闘に関する記事しか印象に残らない。この新聞には、「今の日本には戦争以上に大切なことはない」ということが、メッセージとして込められているのではないか、と気づいたのです。何が大事か、何を大事と考えるべきか、語らずして語っている。あるメッセージを、明示的に言い表すことなく理解させるという高等テクニックです。そして、この背後にあるメッセージを、メタメッセージと言います。

戦後、軍国主義批判が流行《はや》りました。しかし今、軍国主義とは一体何だったのか、どういう主義だったのかを調べようとしても、何も見つからないだろうと思います。軍国主義は、マルクス主義のように、なにか典拠とする書物があるようなものではありませんでした。系統的な主義主張もなく、言葉を介したものでもなかったので、その足跡をたどるのはむずかしいのです。私は、自分の誕生日の新聞を見て、ああ、こうやって軍国主義が形づくられていったのだと妙に納得するところがあった。

もちろんあの時代には、直接ああしなさい、こうしなさいという指示もあったし、こう考えるべきだという思想的な教導もあったのですが、それよりも強く人々の考えをつくったのは、形で示されるメタメッセージだと思うのです。直接何か言われると、人によっては反発することもあります。戦闘記事で埋め尽くされた新聞は、殺人、事故、火事などよりも大切なものがあるのだと、その紙面構成で語っていた。メディアの本当の功罪はここにあるでしょう。

一つひとつの記事の中身に、虚偽や誇張があるかどうかではない。問題は、言葉による伝達とは違う形で、メタメッセージがあったということなのです。当時の新聞記者にすれば、中国での戦闘は国の将来を左右する重大事項であり、それを取材し記事にすることこそ、もっとも重要な仕事という認識だったのでしょう。それに比べれば、個人の家の火事なんてどうでもいいということになる。もっと大切なものがあるのだということ、それが言葉で語られるのではなくて、紙面構成に強烈に現れるのが、軍国主義というものの姿なのです。

ただ、これは、ふつうの人は気づかないだろう、意識できないのだろうな、とも思うのです。ぼくは、へそ曲がりだからわかった。十一月なんて空気が乾いてくるんだから、火事のひとつやふたつはあるに決まっている。それなのに、なんでこの新聞には載ってないのだろうと考えた。形だけでメタメッセージをつくること、これはかなり高級なことです。

メタメッセージは、記事、広告、宣伝などを見た人が、直接には表現されていないメッセージや表面に現れている意味以上のメッセージを、読み取ることを期待してつくられます。メタメッセージが背後にあるのかどうか考えると、記事や広告、宣伝の見え方が変わってきます。

つくり手は、どう言外にイメージをつくるか、頭をひねる。受け手が自分の中につくり上げるメッセージを計算するわけです。本当に伝えたいことは、直接言い表さず、受け手がつくり上げるメッセージのほうに込める。

テレビのコマーシャルを考えると、わかりやすいと思います。インスタントコーヒーの宣伝で、「違いがわかる男」というコピーがありました。あれは、逆立ちしてもインスタントコーヒーですから、ちょっと考えれば、矛盾に満ちた言い方であることがわかります。だからどうした、っていうものです。でも名優や、名指揮者と言われる人が、コーヒーカップを片手に登場して、「違いがわかる男」というテロップを流すことで現れる効果が絶妙なのです。「違いがわかる男はこのコーヒーを楽しんでいる。あなたがもし違いがわかる男ならば、このコーヒーを飲まないはずはない」。あえて言葉にするならば、こういうメタメッセージを発信しているのです。あのように重々しく表現すると、なんとも言えない雰囲気が出て、メタメッセージが印象深く視聴者の中に残るという仕掛けです。このCMを見ている人が何を感じ、どう考えるかということが、計算し尽くされています。

広告業界には知恵者がいるものだなと感心します。食べ物の広告で、「〇〇はおいしいよ」と言ってもあまり効果は期待できません。直接的なメッセージは、意外に非力の場合がある。それを知り尽くしていて、コマーシャル全体でメタメッセージを発信するようにつくるプロがいる。

情報を水に喩えれば、メタメッセージは、上手に溝を掘って水を流すようなところがある。溝は掘ったけれど、流れたのは水であって、オレのせいじゃないというわけです。直接言っていないのだから、見た人が何を思おうと、責任はない、と。

最近、週刊誌でよく見かけるタイトルのひとつに、「寝たきりにならない食事特集」というようなものがあります。先日、ある雑誌で対談をしたのですが、その時に手渡された最新号を見ると、「死ぬまで寝たきりにならないための食生活」と大きな文字で書いてありました。「なんで、こんなのやるの」と聞くと、「これをやると売れるんですよ」、「三度目なんですよ」と返事が返ってきました。

雑誌のほうは、「こういうものを食べなさい」、あるいは、「ああいうものは食べてはいけません」と言っているだけなんです。でも、こういうメッセージを出し続けると、それを読んでいる人は何を理解するか。それは、「体は、意識でコントロールできるものである」ということです。

「こうすれば、寝たきりにならない」、というのは、つまり「ああすれば、こうなる」という思考法です。この思考法は強力、強烈で、人の人生をつまらなくし、場合によっては人を不幸にしている原因のひとつです。もし、「ああすれば、こうなる」ですべてがすむなら、世の厄介ごとはほとんど解消してしまうでしょう。そして同時に、そういう世界は、生きていてもおもしろくない。

ことは食事だけにはとどまらない。手を替え品を替え、「ああすれば、こうなる」式の情報が発信され続けている。それで人々は、「要するに意識的に日常生活をコントロールすれば、寝たきりにならないですむんだな」と了解するわけです。これも、暗黙のうちに形づくられているメタメッセージです。

はっきり言いますが、このメタメッセージはウソ。それならなんで人は死ぬんだよ、ということです。意識で体がコントロールできるなら、死にたくないと思っている人は死なないですむはずです。

リスクの計算？

「〇〇は××のリスクが高いからやめたほうがいい」と意見されることがあります。タバコが最たるものですね。でも、このロジックでやっていくと、人生はどんどん貧相になっていきます。ぼくがよく出すのはラオスの例です。ラオスに虫捕りに行くと、国内航空を利用することになるのですが、どういう飛行機が飛んでいるか、日本の飛行機のプロに説明すると、いっせいにみんな青ざめます。それは乗ってはいけない飛行機だと言うのです。乗っちゃいけないと言われたって、乗らなければ虫捕りはできません。こっちだって、予定があって動いているんだし、飛行機に乗らなければ、時間がかかってどうしようもない。

ラオスの飛行機はおもしろいんです。ずいぶん前のことになりますが、飛行機が離陸して高度を上げると、機内には水蒸気が充満して、隣の人の顔も見えなくなった。飛行機の中が視界不良になったのですから、これにはさすがにびっくりしました。地上が暑いので、急に上がると、空気が冷え、霧が出るのです。

話を聞いてみると、乗っていた飛行機は、かつてソ連で使っていた中古を買い取ったものでした。中国が生産したもので、もともと二五機あったけれども、うち二三機は、すでに故障したか墜ちてしまった。そこで彼らが何を言うかというと、「だから、今飛んでいる二機は大丈夫だ」。故障すべきもの、墜ちるべきものは、すでにそうなっている。あなたが乗っているのは、故障や墜落のリスクがないとわかっている機体だ。

ぼくは、リスクの計算と言ったって、一通りじゃないなと思ったのです。彼らはリスクに対してそういう計算の仕方をする。ある意味ではもっともだし、ある意味では何めちゃくちゃを言っているんだ、となります。ただ、ふつうの人のリスクに対する感覚はそんなものじゃないかなという気がしてなりません。環境問題や原発問題など、あるリスクと別のリスクを計算して比較するなどと言いますが、わかるわけないじゃないか、それは仮定の問題じゃないか、と思っています。これからのことですから、厳密に考えれば、わかるわけはないのです。

そして、それで寿命が縮んだらどうするか、と言う人に答えたい。自分の寿命は計算できません。多くの人はここを誤解しているように思います。寿命を延ばすつもりでリスクを避ければ、たしかに長生きの可能性は高くなるでしょう。できるだけじっとしていれば、交通事故のリスクは減ります。それでも私はじっとしていられない。アフリカに行くなら、さんざん飛行機に乗らなければならない。つまり、事故のリスクは増していきます。

こんな小咄があります。

患者さんのところに医者がきて神妙な顔で言う。「あなたの病気、やっと診断がつきました。この病気では、一〇〇人のうち九九人が死にます」。患者さんの顔は真っ青になる。その時医者は、「でも、あなたは助かりますよ」と言った。当然、患者さんは「どうしてですか」となる。「私がこの病気だと診断した患者はこれまでに九九人。あなたは一〇〇人目ですから」。

この場合、本当は、どんな人だって生き残る確率は一〇〇分の一です。それが、この医者の論法だと、この患者は生き残る唯一の人ということになる。致死率九九パーセントという確率も、視点を変えると、生存率一〇〇パーセントになってしまうのです。

病気の「早期発見」ということもよく言われることのひとつですが、助かる人が助かるだけ、ということに尽きます。近藤誠さんに『患者よ、がんと闘うな』（文春文庫）という本がありますが、近藤さんによれば、早期発見と呼ばれる、切除ができるがんは、「がんもどき」でしかありません。まだがんになっていないものを見ているわけですから、それがその先どうなるかはわかりません。

そもそも確率というのがあやしいのです。有限なデータがもとになっているにもかかわらず、しかし、考えなければならないのは未来のことです。有限の母集団での予測を、無限の母集団に当てはめようとしても、究極的にはどうなるかわからないというのが本当のところだと思います。もちろん、議論はいくらでもできるのですが、端的に言えば、「ヒマだなあ」ということになる。現実は決して待ってくれません。

これまでの例からもうおわかりだと思いますが、近代人は意識でものを片付けたがるのです。そして、そういう考え方が正しいとも信じています。体という自然は、意識でコントロールしきれるものではないのに、それを意識でなんとかしようとしていることで、さまざまな悲喜劇が生まれているのです。

私は、健康診断は受けません。占いも見ない。占いを読むと、人間はかならず心理的に影響を受ける。これは健康診断も同じです。体の具合が悪ければ、自分でわかる。自覚症状があり、それで医者に行くのでいいのです。そこで医者がもし、「手遅れだ」と言うなら、そんなことを言う医者は医者じゃないとぼくは思っています。手遅れだろうと何だろうと、それをなんとかするのがおまえの仕事だろう、「来るのが遅い」などと患者さんのせいにするな、と言いたい。世の中、やるべき人が手を抜いていて、そういう奴が楽ができるようになっているわけです。

脳の中の幽霊

健康のためのダイエットやジョギングが流行っているようですが、私からすれば、あんなのはみんなウソです。サプリメントも、その効果はあやしいものです。都市の生活やそこでの流行は、意識がつくらなかったものをみな排除しようとします。脳からすれば、体は「汚れたもの」となり、意識でそれを徹底的に操縦しようとする。本当に体に関心がある人、体を気遣っている人はどうするか。答えははっきりしていて、体に聞くわけです。意識に聞いたって、仕方ありません。

先日のことですが、女子学生に「女性と体」という話をしました。茶道などが典型ですが、どうやったら畳の上で合理的に動けるかを追求してきました。それで、所作の形が決まっていった。所作を身につける稽古を続けていくと、その人の動きが優雅に見えてくる。そういう人の美しい動作は、たとえ大勢の中にまぎれていても目に飛び込んでくるものなのだと話しました。学生たちはおおいに納得しました。

一通り話をして、最後に質問の時間をつくりました。予想していた質問が案の定、出たので、ちゃんと褒めてきました。女子学生いわく、「先生は、スタイルがどうだからということできれいに見えるわけではないとおっしゃいました。人が美しく感じるのは、動きであり、所作が大切なのだ、と。このことは理解しました。でも、どうしたら、そうできるんですか」。

今の人はすぐそう聞く。でも、そんなこと、当人が実際に体を動かして何かをやってみなければわからないじゃないか。ああすればこうなる。だから、ああしてみよう。こういう思考の仕方が習い性になっている。これが間違いのもとなのです。あらかじめ、意識から入っていっていることの証です。

V・S・ラマチャンドランとサンドラ・ブレイクスリーによって書かれた『脳のなかの幽霊』(角川文庫)は、幻肢(切断された、ないはずの手足に痛みなどを感じる症状)や半側空間無視(体の半分のあらゆる刺激を認識できなくなる症状)などを観察して、脳の不思議に迫ったものです。ふつうの人が考えている体はまさに幽霊で、実体がないことを明かしました。

近代人は、意識が体に先立つと考えます。そして、体は、意識でコントロールできるものだと結論しています。そこから出てくるのは、自分の体は自分が動かしているのであって、間違っても、勝手に動いているわけではないという考え方です。

でも真実は、意識は部分、体が全体なのです。一生の時間を考えれば、何かを意識している時間のほうが少ないはずです。それに対して、体は四六時中いつも存在しています。それを納得できない人は、歩いてみることです。歩こうと思って意識して歩いたら、ふつうに歩くことはできないはずです。足がもつれるかもしれません。意識が体を動かしていると言っても、最初に歩こうと思っただけにすぎないのです。

ここでも、こう言う人が出てきます。「では、体が意識から解放されるためには、どうしたらいいんですか」と。そうではないのです。気がつかなくてはいけないのは、体のことをわかっているつもりでいるかもしれないけれども、それが幻想だということ。このことが理解できれば、ああすればこうなる式に体を支配しようとはしないはずです。

ただ、こう言うと、今の人は不安で仕方がないはずです。「自分」だと思っていたものが、じつはそれは正体不明なんだよ、と言われていることになりますから。

最近はアメリカでも、意識は氷山の一角だとする脳科学の本が出版されるようになりました。だまし絵など、二次元空間に描かれているだけなのに立体的に見えてしまう絵がありますが、この現象は、物質としての脳が、その絵を解釈をしながら見るためだと考えられています。意識は二次元の平面であることがわかっていて、そう見ようとしても、意識ではない部分が、それを阻み、立体として見てしまうということです。

間違う人がよくいるのですが、五官に訴える物体としての体と、機能としての体は異なっています。脳は機能として言えば、心です。つまり、「脳」と「心」と言う時には視点が変わっているわけです。脳と言う時には、物質的・感覚的に捉えている。触れば触った感じがするし、匂いをかげば匂いもある。食べれば味があるし、叩けば音がする。見ようと思えば見える……。しかし、心はそうはいきません。まったく見えない。だから、心は概念的であるわけです。

賭け事はする必要がない

私はよく、森に行きなさいと言います。でも、そうすると、たいていは、「森に行くと何があるのですか」という質問が返ってきます。私からすると、「そういう質問をするようだから、だめなんだよ」と言いたくなる。ここまで読んでくださった方には、もうおわかりだと思います。たとえば、森林浴のためとか言ってしまえば、もうそれ以上のことは経験できません。意識から入っていくと、体験できることが限定されてしまいます。そういう人に限って、行ってみたけれど、たいしたことなかったとかなんとか、ぶつぶつ言う。こういう人の人生は貧相だと思います。ああすればこうなる式では、おもしろいわけがない。「生まれたから死にました。以上終わり」、となってしまう。人生はいらないということになりかねない。

自然はリスクそのものだと言ってもよいと思います。もちろん、都市にも、犯罪や交通事故など、都市ならではの予測できない危険は付きものですが、自然と相対している場合とは雲泥の差があるのでしょう。ちょっとしたことですべてが変わります。虫捕りは自然の中でしかできないこともあって、賭け事みたいなところがあります。天気がいいかどうかは虫捕りに大きな影響があります。でも、天候を自分で決めることはできません。天気予報やさまざまな情報を利用しますが、そういう準備にも限界があります。

ある時のこと、ブータンに虫捕りに行きました。山からの帰り道、ガイドさんの知り合いのお宅に寄って、お茶を淹《い》れてもらったことがあります。しばらくしておいとましましたが、あと三〇分話が長引いていたら、その後の予定はすべて吹っ飛んでいました。というのは、三〇分後大雨が降って道路が寸断されてしまったからです。もしそのタイミングで腰を上げなかったら、一週間は帰れなかったでしょう。

虫捕りひとつとってみても、リスクなんて計算していたら、やっていられません。そう考えていくと、人生はロシアン・ルーレットみたいなものであって、ことあらためて賭け事をする必要はないことになります。だから、ぼくは賭け事をしません。

だから、本当は森じゃなくてもいい。川、海、空、あるいは自分の体と、入り口はどこでもいいのです。その人に訴えるものはそれぞれ違っています。ぼくの場合、森に関心をもち始めたのは、虫からでした。虫と森は切っても切れない関係にあります。自然には、どこから入ってもよく、すべてがつながっています。富士山は、どこから登っても頂上は同じです。自分の体に関心をもつ人は、自然にも関心をもつようになるはずなのです。

死を前にした医者

医者は、人の体という自然と向き合うのが仕事です。しかし、自然に対して行う実験のようなことを、人間の体にしては困ります。治療行為はわかり切ったことをやることであって、実験行為になってはいけません。

体という自然に向き合う営みは、そのまま、医学の歴史と重なります。現在の医学に連なる形の医学は、古代ギリシアのヒッポクラテスの登場とともに語られます。ヒッポクラテスとその弟子は、人間の「自然」について確実な知識を得ることは、医学のみによって可能だとしています。その後も、医学は、「人という自然」を発見しながら、発展を続けてきました。そして現在、人の体とその病については、知見の厚い蓄積があり、多くの場合、対処や施術はすでに決まっているのです。ある医者が独創的な医療を実験的に試みるというのは、意味がないし、危険です。

外科の世界では、たしかに年寄りの医者は、手の動きも悪くなる、目も見えにくい、くたびれやすいと三拍子そろって無理が多いものです。しかし一方、若い人だけでは、どうしても勇み足になります。ベテランが入っていれば、もうここら辺りでやめておこうとなることも、若い人だけだとやりすぎてしまうことがあるわけです。どうしても原理主義的になりがちなのです。

ぼくもインターンの頃に経験したことがありますが、後で考えて、あそこまでやってはいけなかった、と反省したことがあります。たしかに、試行錯誤の積み重ねで、よりよい治療を求めていくということを一概には否定できませんし、そういう中で覚えていくという面も少なからずある。でも、ぼくはやりすぎてしまうほうでした。

こんなことをしていたら人を何人殺すかわからないな、とぼくは思ったのです。次に考えたのは、自分が助けられなかった患者さんのことで、それが記憶から離れない。そして、こういうケースが何例続いたら、おれは人が変わるのだろうかと考えるようになりました。

しかし、では、人を死なせることに平気になりたいかといったら、それは平気にはなりたくないな、とも考えていました。そこで、臨床ではなく、全員がすでに死んでいる解剖だったら、大丈夫だなと思ったのです。死体はもうこれ以上死ぬ心配がない、と話すと、みなさん、冗談だと受け取って笑うのですが、ぼくの場合は本気です。

患者さんの何が困ると言って、死ぬから困る。せっかく必死でがんばってるのに死にやがって、と言ったって誰も聞いてくれない。残るのは、「死んでしまった」、「以上終わり」、と結果だけでした。

医者というのは、ある種の強さ、鈍さがないと耐えられません。医療を続けていくには、要するに、自分を変えるしかない。しかし、そういうふうに自分を変えるのか、変えられるか、と悩みました。自分の中では、かなりの歳になるまで、この問題は残っていました。

この問いは、その後も自分の中にとどまり続けました。ベルト・カイゼルというオランダの臨床医と対談をしたのは、そういう理由もあったと思います。今から一四年前のことでした。カイゼルさんは、自分が勤めるホスピスで患者さんを安楽死させていて、そこでの経験を『死を求める人びと』（角川春樹事務所）という本にまとめたのです。翻訳が出版されたばかりの頃、カイゼルさんが来日した機会に会いました。この本は、「安楽死の実況中継」と言われた衝撃的なルポです。世界一〇か国以上で翻訳出版されたようですが、患者さんの家族構成、生活背景など、何から何までをきちんと説明し、安楽死にいたるまでの姿を描いたものです。

死の床にあって、チューブにつながれたまま生きていたくはない、と多くの人は思うでしょう。ヨーロッパでも、この問題が議論になった際に、安楽死を頂点とする過剰な医療を行う医師に対して、批判が向いたといいます。

オランダで安楽死が認められるのは、患者さんが明確な意思表示をすること、回復の見込みのない病気であること、他の医師の意見を求めることなど、さまざまな条件のもとでです。そして、処置の後に、警察に報告することが求められています。

生かす医者と殺す医者が一緒では困りますから、彼は安楽死しか処置しない医者でした。対談を終えて、この人はこの後どうなるだろうかと思ったんです。ぼくたちは、一〇年したらまた会いましょうと言って別れました。そして、約束どおり一〇年後、オランダに行って、ぼくはインタビューをしたのです。

「その後、どうしていますか」と聞くと、彼は以来、安楽死は処置していないと言いました。自分が手がけた安楽死のケースを整理し、執筆して、彼はもう限界だったのではないか。安楽死をしていないと聞いて、ぼくは非常に納得がいきました。

よく医療不信と言いますが、どんな医者だって患者さんを殺してしまうということは十分にありうることです。それは、遺族が文句を言うような問題とは別の次元の事柄だと、ぼくは思っています。患者の死が避けられなかったということは往々にしてあるし、そしてそれは、ほとんどの医者には耐えられないことなのです。過失がなかったのに患者が死んでしまうこともあり、そういう場合でも、医者の心は深く長く傷つきます。

カイゼルさんのように、あそこまで克明に一人ひとりのケースを記憶し続け、記録に残していたら、とても医者を続けていくことはできないだろうなと思ったのです。変な話ですが、後は出家して、これまで接した患者たちの後世を弔うくらいしかできることはないだろうと。もういやだと思うはずだ、これが人間だ、と思いました。

しかし、一方で、今の日本人はあまりにも死を意識しないようにして生きていると思います。すべては人間がつくり出したもので、それに囲まれているという状態に慣れすぎてしまっています。でも、死を前にすれば、人間の体は人間が意識的につくったものじゃないことはすぐに了解できるはずです。生まれて、年を取り、病気になって、死ぬ。死は、予防も、コントロールも、リスク管理もできないものです。

自然の中で暮らしていれば、「ああすればこうなる」はないのです。地震も台風も防ぎようがない。都会人は人間が意識的につくり出したもの以外はどんどん遠ざけ、自然に苦手意識をもつようになり、その結果、死をも見ないようになったのだと思います。

3　正気であり、本気であること

問題は人

東日本大震災が起こって、日本人は変わる、変わらなくてはならないという話をたびたび耳にしました。

この地震が起こった時、私はちょうど家に戻って部屋に入ったところでした。その途端に停電し、秘書が、「パソコンがとんだ」と言ったのを聞いたところで、揺れ出した。地震の揺れが伝わる前に新幹線が止まったのと同じで、最近は変電所がうまくできているため、まず電気が止まったようです。大きな地震であることが、すぐにわかりました。しかも、あの揺れ方では遠い。東京とか東海ではなくて、震源はもっと遠いところだと思った記憶があります。

地震と津波に続いて起こった東京電力福島第一原子力発電所の事故は、原子炉をただ冷やせばいいのに冷やせなかった、という簡単な事故だと思っています。ですから、防ごうと思っていれば、防げないはずはなかった。けれども、あまりに単純な事故なので、いまだに懲りていないように見えます。

いちばんの問題は人間です。原因は、よもや電源が失われることはないだろうと考えたこと、そして、緊急時に冷やし続けるための対応が十分になされていなかったこと、この二点に尽きます。単純に考えれば、これこそが第一段階、というところを踏み外した。具体的なことを考えるのは案外むずかしい。大雑把な分類になりますが、一般的に、左脳は理論的なことを、右脳は感性や情緒的な分野を司るとされています。発電機が動かないというのは、いかにも左脳が起こしやすい事故で、紺屋《こうや》の白袴《しろばかま》、医者の不養生と同じです。

この事故が起きた時、「なんでこんなにくだらない事故を起こしたんだ？」という意見はなかった。「あんな事故は起こしたらいけないよ」と誰も言っていない。発電機が水に浸《つ》かり、電源が失われたというだけの単純なトラブルなのに、いつの間にかたいへん高級な事故になってしまった。原子力発電の原理は、核分裂する時に起こる熱を使って発電するというものですが、実際は、お湯を沸かすのと同じです。湯沸かしを冷やせなかったという単純な事故にすぎないのに、あんな事故は起きるほうがおかしい、あんなことで事故なんか起こしちゃいけない、とは誰も考えなかった。

事故の責任の所在ははっきりしています。水を被るかもしれないところに防水をしなかった人間です。そんなところで手を抜いてどうするんだ、という話です。それに、予備の発電機が同じ場所にあったら、それはスペアにはなりません。ここにもミスがありました。防水にかかる費用は、除染のための何兆円もの費用からすれば、比べものにならない金額です。

これは比喩ですが、最近の携帯電話は水洗トイレに落としても平気になっています。ところが、なんで、最先端科学にもとづいた原発が、水を被ったくらいでだめになるのか、そういうところで費用を出し惜しみしてはいけないのではないか。最初に発電所を設計した時に、緊急発電施設をなぜウォータープルーフにしておかなかったのか。こんなことは想定外でもなんでもない。どうして誰も、そう言わないのでしょう。原子炉内の反応で不測の事態が起こったというのとは、決定的に違っています。

メディアは発電機の模式図を描きました。単純な原理で動いているものなのに、込み入った絵を描いて解説した。そうして何が起こったか。原発は非常に複雑なものだ、素人にはわからないものなんだ、という隠れたメッセージが生まれて、そのイメージが肥大していったのです。どうしてこんなつまらない事故を起こしたんだ、という意見が出てこない背景には、高級な機械だと思えばごまかせるという事情が働いていたにちがいありません。政治もそうなのですが、解決するのが簡単でない問題はできるだけわかりにくくするほうが勝ちなんです。原発事故は、より複雑な問題へとシフトされ、本当の責任が見えないようになったのです。

じつは、戦争の時にも、日本人は、単純、かつ具体的に考えていくことが苦手でした。日本人は戦争がうまいように見せかけていますが、かなり下手です。戦艦大和は世界最大を誇ったにもかかわらず、結局使いこなすことができませんでした。その当時、すでに海戦の主役が航空機に代わっていたという事情もありました。戦争は、その場その場での具体的なやりとりですから、そこを上手にやることが重要で、日本人にはそれはできていました。にもかかわらず、悲惨な状況を避けられなかった。下士官クラスは優秀で、無謀な命令でも、彼らは現場でなんとか帳尻を合わせることができた。ただ上官たちは、具体的に全体の仕組みを考える、そして変えるのが下手だった。これが悲劇だったのです。

今、さらに悪いのは、現場の下士官にあたる人がいなくなって、あれこれ言うだけの人ばかりになってしまったことです。「これは私に任せろ。私がやるから」と言う責任感のある人がいなくなってしまった。一億総評論家になったと言われても仕方のないことです。

原発をどうするかについても、首相官邸の前でデモをやればなんとかなると思っている節がある。そもそも、賛成とか反対とか言う前に、具体的にやらなければいけないこと、調べなければいけないことがたくさんあるのに、動かないし、動けない。みんなそろって真剣ではないために、いい加減なところに話が収まっていくのです。

慎重に考えなくてはいけないのは、五四基もある原発を、ふつうの人がふつうに管理できるのかということです。たぶんむずかしいでしょう。そういう意味で、「原発はだめだ」と言う人の気持ちはわかります。放射性廃棄物は溜まる一方で、処分の仕方が決まっていません。たとえば、核のゴミの処理には何百年もかかります。しかし、だからといって、今から止めてもすべてが片付くまでにはやはり何十年もかかります。そして、それを誰がやるのでしょうか。原発に関わる仕事は、自分もやりたくないし、自分の家族にもやらせたくない。だから、安い労働力をどこかから集めてくることになる。これほど無責任なことはありません。

この先、人間はエネルギーをどういうふうに使っていけばいいのか。すでにこれだけある原発をどうしていくのか。フランスは八割の電気を原発でつくっていますし、その電気を買っているイタリアのような国もあります。日本だけの話ではありませんが、核のゴミの片付け方について、本気で考えなければいけないことはたしかです。原子力発電を続けることが、本当にいいことなのかどうなのかを本気で悩まなければいけない、そしてその判断を下すために調べ、動かなければいけない状況なのです。

これらはたいへんむずかしい問題ですが、長い目で見たら、人間は上手に知恵を出してどうにかするだろうとは思います。ただ、廃炉にするにしても、ぼくがいちばん心配するのは、やはり人の問題です。これから先、原発でまじめに働いてくれる日本人はどれだけいるでしょうか。

原子力発電はもうむずかしいだろうという世の空気の中で、特に若い人が、この将来が見えない産業分野に入ってきてくれるだろうか。この負の遺産を背負って、今後、原発をいろいろな意味で片付けていくことを、自分の仕事だと思ってくれる人がどのくらいいるだろうか。このことが気掛かりなのです。口先だけで実行を伴わない、一億総評論家のような人々が、変わることができるのかどうか、ということでもあります。

ぼくが専門として解剖を選んだ時、医学部の中では、解剖学はもう古いからいらないという空気がありました。もし今、私が若かったら、原発を研究テーマに選ぶと思います。

しかし、そもそもどうして、一億総評論家という時代になってしまったのか。この六〇年の間に、日本人は多くの現場で、必死に働かないですませるようになりました。これは、戦後のエネルギー問題と直結していて、自分の背丈が伸びたと思い込んだ人が増えたのです。このことがいろいろな意味で人間を不幸にしました。

たとえば、昔なら一〇軒の農家が家族総出でやっていた田んぼでも、耕耘機《こううん》と脱穀機を使って、一軒でできるようになった。その結果、残りの人は田んぼの仕事から離れることになりました。極端に言えば、やることがない人々は、評論家になるしかない。そして、中途半端に働かせるから、本気でない人が次々と出てくることになったのです。

エネルギーから考える人間

ぼくは脳を長く研究してきましたが、同時に、日本が都市化して、私たちを取り巻く環境自体が大きな「脳」のようなものになったことについても関心がありました。人間の脳は、人類が住みやすい世界、つまり都市をつくりたがる。その結果、自然の力が人間の力に比べて弱くなった。それをいちばんよく表しているのはエネルギーの問題です。

日本では、人がみずからの体でつくり出せるエネルギーの四〇倍の外部エネルギーを消費していると言います。つまり、現代人は本来の人間の四〇倍高い高下駄を履いているということです。自分が四〇倍の高みに立ったので、昔は大きく見えた自然が相対的に小さく見えるようになった。そのために、自然は自分たちの思いどおりになると思うようになったのだと思います。アメリカ人は、日本人の四倍のエネルギーを使っていますから、アメリカ人は一六〇倍の高下駄を履いている計算になります。

こうして、「自然の価値」が下がってきました。これを改めるには、石油を使い切ってしまうしかないというのがぼくの意見です。そうでなければ、人間はいつまでたっても、自分が本来よりも四〇倍の高さから物事を見ていることに気づけない。石油を燃やせば四〇倍になれたのですが、もし石油がなくなれば、人間は正気に、そして本気にならざるをえない。石油を早く使い切ってしまえば、ひとりでに変わるのではないかと思っています。そんなことを考えていて、東日本大震災と原発事故が起こった。

石油がなくなるとたいへんだとみんな言いますが、逆です。自然のありがたさを再認識するきっかけとなるわけですから、むしろ感謝しなければならない。自然への畏敬の念を取り戻せれば、自然の一部である人間存在そのものの重みも復活してくるはずです。今ほど、人間一人ひとりの力が無視されている時代もありません。誰が首相をやっても同じ結果になっているのも、人を本気で頼りにしていないからです。

ぼくが育ったのは、石油がなかった時代です。意外に思う人がいるかもしれませんが、その頃は人間の価値が高かった。意識をしたことはありませんでしたが、人がみずから手を下してした仕事と、エネルギーを使ってした仕事は、分けて考えられていました。エネルギーがなければ、人がした仕事を重んじざるをえない。これが人の価値が高くなる理屈です。

体を使わないで仕事ができれば、その時は楽ができます。しかし、一生を通じてみると、どこかでおかしなことが起こらないとも限らない。

原発のことも、安全を本気で考えていたら、あんなちょろい事故は起こさなかったはずです。やはり、本気の人が少なくなっているのです。日本人のこうした傾向を逆転させるのはなかなか簡単ではありません。だから私は、石油がなくなるのがいちばんいい、その時、日本人の振る舞い方がもう一度問題になるはずだと言ってきました。

人間は煮炊きをし、暖をとる必要があります。それは命にかかわるからです。原子力に依存しないとすれば、現在、そのためのエネルギー源は石油と天然ガスです。これらが入手困難になった時、日本人は森をどうするか。エネルギー源は森林にしか残されていないわけですから、きっと伐り始めるでしょう。今の段階で、森とどう付き合っていくのかということをきちんと決めておかなければ、それこそ取り返しのつかない自然破壊が起こると思います。

これは比喩としてお話ししているわけではありません。実際、いずれ石油はなくなるからです。

今から森林をきちんとコントロールするためのルールをつくっておくことが必要です。エネルギーがなくなった時にも、理性的な範囲で伐っていこうと決めることは、今からでもできるはずです。どのくらいの時間で、どのくらい木が成長するのかといったことを、データとして把握して、それを常識にしておく。そうすれば、本当に石油が枯渇する状況になっても、「そんなに伐ってしまっては、将来もたないだろう」と説得ができるはずです。家計と同じで、「お金を使いたいといっても、お父さんの給料はこれだけだから、こうやって使おうね」ということです。

現在の日本の最大の問題は、エネルギー問題です。エネルギーが足りる、足りないという問題ばかりではなく、エネルギー問題にどう対処していくかということも含まれます。福島での原発事故以後あらためて取り沙汰されていますが、実はしかし、明治維新以後、日本が頭を悩ませ続けてきた最大の問題はこのことでした。特に、第二次世界大戦前後とオイル・ショック以降はそうです。この問題が原発問題にもつながります。

昭和十六年にABCD包囲網ができました。アメリカ、イギリス、中国、オランダが提携して、日本に対する石油の輸出を禁じ、それが太平洋戦争の引き金となりました。石油ラインを切られることがいかにたいへんなことか気づいていたのは軍部だけでした。

当時の農家で、耕耘機を動かしている人はまだいませんでしたから、ガソリンがなくても、いっこうに困りません。けれども、飛行機や軍艦を動かしている人たちにとっては、ガソリンが切れることは死活問題です。このことで軍部がパニックを起こして突っ走ったのだと私は考えています。歴史家がそういう解釈を行うわけではありませんが、私はそうに違いないと思っています。歴史家は、軍部の暴走と言いますが、意味もなく走ったのではなく、エネルギーの危機をいちばん敏感に察知したのが彼らで、その深刻さに背筋が寒くなって行動に出たのではないかと考えています。

今は、このエネルギーが全国民の関心事になっているのです。エネルギーがなくなったら、日本人はまたパニックを起こすでしょう。しかし、化石燃料が有限であることは、絶対的な事実で、将来的にはかならずなくなります。

だから、身の丈に合った生活に改めていくべきだし、それが持続可能という言葉の意味です。これまでは身の丈を伸ばすためにエネルギーをつくり続けてきました。その帰結のひとつが原発です。そして、それが大きな事故を起こした。ただ、あの事故の後始末にしても石油がなければできません。修理や廃炉にしても、大量の物資が必要です。電気自動車では重たいものが運べませんから、やはりガソリン車が欠かせませんし、より大きなものの運搬のためには線路を引いて、電車を動かすことさえ必要になるかもしれません。石油があるうちにやらなくては、原発事故を収束させることはできないのです。

来たれ！本気の人

エネルギーの低いところでは、人間が高く見えます。そして、人間が訓練されます。今、日本はもう人間を訓練していません。教育の世界でも同じです。教育では、先生のことが取り沙汰されますが、問題にされねばならないのは先生ではなく生徒です。「先生」というのは、先に生まれたから「先生」と言うのかと思って、私も若い頃は、「先に生まれたことがなんで偉いのか」とぶつぶつ言っていました。しかし、後でわかったのですが、先に生まれたから「先生」と言うのではありません。「おまえたちは後から来たのだ」と言っているのです。つまり、「遅れてきた人間はまだわかっていないから、まわりをよく見て、どうなっているか勉強しなさい」という意味なのです。

言うなれば、学生に学びの態度を教えるために、先生が偉いという権威があったということです。子どもたちの学ぶ態度がいちばん大事です。学ぶ態度さえ身についていれば、いつからでも、誰からでも学べます。先生なんかバカでいい。前に、私の先生のことを紹介しましたが、本当にいい先生は何も教えません。態度、姿勢で学ばせ、そして、学生の身についていくのは、実際に学生が自分で学んだことだけなのです。身につかなければ、教わったことにも学んだことにもなりません。

人生というのは、ある意味で暇つぶしです。私はひどい労働をしなければならない時代に育ちましたから、働かないでも食べられるということが理想でした。しかし、いつしか人間は働かないといけないというのが日本の主流となりました。世の変化はかくも激しいのです。

戦前は、働かないでブラブラしている人が偉かったと思います。たとえば、お巡りさんが旅館を回り、宿泊客の素性を確認する臨検というものを行っていましたが、宿帳を見て、「無職」というお客さんばかりが泊まっている日には、「今日は客の値がいい」と言ったといわれます。なぜかというと、宿帳に堂々と「無職」と書けるのは地主さんくらいだからです。しかし、今では、無職の人を偉いとは言いません。私には、働かないで食べていきたいという昔の感覚が多少は残っている一方で、根が貧乏人ですから、何にもしないでいるということもできない。くだらないことをしているほどの暇はありません。

江戸時代のことになりますが、『折たく柴の記』によれば、新井白石《はくせき》は、江戸の大商人であった河村瑞賢《ずいけん》の家から養子に来ないかと声をかけられたといいます。白石は江戸に生まれますが、父親は上総《かずさ》久留里《くるり》藩（千葉県君津市）に仕えていた地方武士にすぎません。白石自身も久留里藩で召し使われたといいます。その後、瑞賢の目にとまることになる。しかし、一介の藩士の息子がどのようにして見出されたのでしょうか。今の感覚からすると、ふつうには考えられないことです。瑞賢はどうやって優秀な若者を見つけたのでしょうか。

まだ若い白石を養子にしたいというくらいですから、おそらく、白石の家ではいらなかったのでしょう。白石の父親は当時久留里藩を追われ、浪人となっていました。大富豪の河村家がなぜ浪人の息子を養子に欲しがったのか。当時の新井白石はどれくらい有名だったのか。

結局、江戸時代は、どこかに優秀な人間がいないだろうかと、本気になって探していたということに尽きるでしょう。なぜ彼に出世の道がついたかといえば、そういう有能な人間を日本中で一所懸命に探していたのだということになるのだと思います。伊能忠敬《いのうただたか》が幕府に呼び出されて、日本の測量を開始したのは五〇代の後半です。今、会社や社会がそんなふうにして、優秀な人はいないかと必死になって探すことはまずありません。

また、交通に不便があったにもかかわらず、この時代、優秀な人材は、たとえば東北からでも長崎まで勉強に行っています。やはり本気だったわけです。不便を乗り越えて各地を行き来していましたから、どこそこに優秀な奴がいるらしい、という情報はある程度は流通していたのでしょう。あそこに有名な先生がいらっしゃるというのも、わりと知られていました。

私たち日本人は、この「本気でやる」ということを忘れかけています。本気でやって成果が出ないことを、無意識のうちに恐れているのかもしれません。ただ、一人ひとりが本気にならなければ、もたないような状況になりつつあるのも事実です。みんなで手を抜いていたら、それこそ、国が滅びるでしょう。

ぼくはよく、「やってみるしかない」と言います。むちゃくちゃなことを言っているように受け取られます。論理がないとか、やけくそになっているとか、そういうふうに映るのかもしれません。でも、そうではありません。

それぞれの人が本気でやっていれば、世界はいいところになる。それを不純な動機で動くから——このほうが楽だとか、このほうが儲かるとか——そういうことが世の中を悪くしている。これも、本当は誰でもわかっていることなのだと思います。

4

庭は手入れをするもんだ

森が消え、
産業革命が始まった

産業革命がイギリスから始まった理由として、中世以降、アルプスより北側の西ヨーロッパで、森を削っていった歴史があったということが見逃せません。

高校生の頃、世界史の教科書には、「ヨーロッパにおける森林の後退」という地図が出ていました。何年頃まではここまで森があった、何年頃まではここまであったと線が引いてあり、だんだんと森が削られ少なくなっていく。森の木を根っこから完全に掘り起こして更地をつくり、そこを小麦畑にしていきました。そうやってできあがったのが、現在、ぼくたちが目にしているヨーロッパの風景です。現在の小麦畑は、昔は森でした。そして、煮炊きをするエネルギー源のすべてをその森に頼っていました。かつてエネルギー源には木材しかなかったので、当たり前ですが、その森という資源が最初に底をついたのがイギリスでした。ヨーロッパ大陸との間には海が横たわっているので、木を運んでくるわけにはいかない。燃料を自給自足しなければならないために木が真っ先になくなってしまったのです。

ところが、幸運にも、イギリスでは非常に質のいい石炭、いわゆる無煙炭が採れました。そこで、イギリス人は炭鉱を掘り始めます。ただ、石炭で暖をとったのは下層の人々で、貴族は後々まで薪で暖をとりました。

当時は露天掘りだったため、炭鉱に水が溜まります。掘り進めるためには、その水を排出しなければなりません。人や馬の力に頼っているだけではとても間尺に合わない。そこで、一八世紀の初頭にトーマス・ニューコメンという鍛冶屋が、蒸気機関を使ったポンプを発明します。さらに、ジェームズ・ワットがより能率のいい蒸気機関を発明したことで、大量に石炭が掘れるようになったのです。石炭を乾留（蒸し焼き）して、コークスにすれば、製鉄にも使えますから、鉄材が豊富に供給されるようになった。鉄製の器具をつくるためには石炭や鉄を運ぶ必要があるので、鉄道の需要も急激に高まる。徐々に、鉄と石炭が好循環を始める。こうして産業革命が始まったのです。

要するに、産業革命は森が尽きたところから始まったわけです。ただ、森を伐りすぎたことに気づいたヨーロッパの国々では、その後、もう一度森を再生させようと木を植え始めます。日本が明治維新後に林学を学んだドイツは、産業革命によって急激に森を伐り拓きました。その反省から、森の再生に熱心に取り組んだ国です。ドイツではモミの木を植えて森が蘇りました。それが、今、たとえばシュヴァルツヴァルト（黒い森）と呼ばれる立派な森になっています。

じつは、産業革命よりはるか昔の古代文明についても同じようなことが起こっていました。四大文明が興ったところはどこも森が消え、荒地となり、いまだに荒地のままです。イラクは昔から荒地だったわけではなく、ティグリス河とユーフラテス河流域に発生したメソポタミア文明の成れの果てです。インドのインダス河の流域にあったインダス文明の跡も今は乾燥した荒地になっています。

日本にいると、こうした文明が滅びてから何千年もたっているのに森が再生しないのを不思議に思いますが、ああいった地域には沃土がないため、一度消失してしまった森の再生には非常に時間がかかるのです。ギリシアもかつては緑でしたし、シチリアもかつては緑に覆われていましたが、いまだに岩山のままです。

中国ではさらに徹底しています。万里の長城から見える山は、木がほとんど生えていません。環境考古学の研究によって、かつてそのあたりはモンゴリナラの大森林だったことがわかっています。万里の長城の煉瓦は、周辺に生い茂っていたモンゴリナラを伐って、それを燃やして焼いたものもある。万里の長城に使われた煉瓦は、強度を上げるために通常の煉瓦の焼成温度よりも六〇〇度も高い一四〇〇度という高温で焼かれています。しかも、通常よりも八〇倍もの時間をかけて、じっくりと焼き上げています。大森林が裸になるほど膨大な薪が使われたのです。

万里の長城の造成を指示したのは、秦の始皇帝です。彼の墓の近くでは、兵士や馬をかたどった兵馬俑《へいばよう》が大量に発見されています。これは陶器ですから、当然、焼成したものです。皇帝の陵墓のために広大な森が伐り拓かれたのです。

中国人の自然破壊は正気の沙汰とは思えない規模です。中国文明には文化的なブレーキがない、リミットという発想がないのではないかとさえ思ってしまいます。

日本でも、平城京や平安京を造る時には、周辺の木を大量に伐ったはずです。奈良時代にも平安時代にも、たくさんの神社仏閣が建てられていますから、相当な量の木を伐りました。周囲は禿げ山のようになっていたに違いありません。

しかしその一方で、日本では非常に古くから木を植えていました。平安時代にはすでに、京都のお坊さんが木を植えたという記録が残っていますから、平城京や平安京の造成によって禿げ山になったところにも木を植えていたと考えてもおかしくはありません。空海が開いた高野山も、おそらく植林していたと思われます。

こうした植林という習慣は、近代以降のヨーロッパを除けば、ほかにはみられません。ただ、ヨーロッパは森林を伐り尽くしてから、反省して植え始めたわけですから、事情は日本と少し違います。川上に急峻な山があり、川下には海があった日本では、おのずと限界が察知され、その中でバランスを取りながら暮らす術を身につけざるをえなかったのかもしれません。その典型が里山です。里山のいろいろな木を使っていきましたが、限度を超えて木を伐ることをせず持続可能にしてきたのです。

ほんの数十年前まで、木はあらゆることに使われていました。燃料用の焚き木としてはもちろん、家の柱や梁、建具、家具、食器、玩具、下駄、鎌や包丁などの道具の柄、舟や大八車もすべて木でつくられました。しかも、つくるものの種類によって最適な材を選んでいました。人間が生きていくためにさまざまな木が不可欠だったのです。都市を維持するにも膨大な木材が必要で、それは各地から運ばれました。

背に腹は代えられない

江戸時代になると、江戸などの都市の近郊の山で伐れる木はすべて伐ってしまったために、山が荒れ果て、禿げ山状態になりました。たとえば、今の埼玉県南部から秩父のほうまで木を伐り、材木需要が大きい江戸に運んでいました。関西では、神戸の六甲山の木も伐られています。

一方で、江戸幕府は木の伐採を厳しく取り締まり、伐採が禁止された森も各所にありました。江戸幕府は、木材が貴重な資源であることに気づいていたのです。木曽には木曽ヒノキだけでできている有名な純林がありますが、木曽の林業家は「ふつう、木曽ヒノキの純林なんてありませんよ」と言います。「あれは御留林《おとめりん》で、江戸時代はヒノキを伐ったら首が飛んだんです」と言います。御留林とは幕藩や領主の管理下にあった保護林のことで、木曽の場合、木こりがヒノキ以外の木をすべて伐ったため、結果としてヒノキの純林ができたというわけです。

東京の近郊では、箱根にも御留林があります。今、函南《かんなみ》原生林と言われているところがそうです。江戸時代の御留林だから、それ以降木が伐られていない。そのため、ブナの巨木など、今も豊かな自然が残っています。

こうした事情を調べたのでしょう。『銃・病原菌・鉄』（草思社）を書いたジャレド・ダイアモンドは、「日本の封建制は中央集権制で、権力が強かったから森が維持できた」と書いています。しかし、これは一面的です。お上に禁じられなくとも、守られた森も数多くあります。日本の民は、「木を伐りすぎたらたいへんなことになる」と知っていたから、必要以上に木を伐らなかったのです。

今でも台風が来ると毎年のように山が崩れますが、当時も木を伐ると洪水が起こったり、山が崩れたりと、さんざん苦労してきました。だから、地元の人自身が定めたいわば御留林も各地にたくさんありました。

日本の森林がもっともよく保存されたのは昭和四十年以降です。これは何よりも石油のおかげです。

第二次世界大戦後、戦後復興のために木材需要が急増しました。しかし供給が間に合わず、木材が不足しました。人々は山の奥深くにまで入って、森から木を伐り出しました。その一方で、政府は、広葉樹を中心とする天然林を伐った跡地に、スギやヒノキといった売れる針葉樹を植えることを奨励しました。人工林をつくる拡大造林政策を打ち出したのです。たとえば、スギを植林すればするほど補助金を出したのです。

ぼくが大学生くらいの時がちょうどこの時期で、大量に森の木を伐採するのを見ていました。南アルプスの山中に、伐り出した木材を一時的に置いておく土場が設けられ、そこで、いやというほど虫が採れたのでよく覚えています。樹齢何百年という天然林を伐り出し、そこにスギやヒノキを植えていったのです。

とはいえ、一九五〇年代後半くらいからエネルギー源が木炭・薪、石炭から石油、ガス、電気などに転換したことで、日本人は木を大量に伐らなくても生活できるようになっていきました。戦後復興期と拡大造林政策以後、森は顧みられることがなくなり、今では、間伐《かんばつ》をしなければ森が守れないと言われるほど荒れ放題になりました。

たとえば、ぼくが子どもの頃の箱根の外輪山は、灌木（背丈が低く、幹は根の際で枝分かれし、幹と枝との区別が不明瞭な樹木）しか生えていない山でしたが、今では鬱蒼とした森林になりつつあります。それを見ながら、ぼくはいつも、「石油のおかげだな」と思うわけです。

箱根には年間たいへんな数の観光客が来ますから、石油、そして、それからつくった電気がなければ煮炊きから冬場の暖房まで消費する薪は、たいへんな量になります。これではとても森は守れなかったはずです。石油のおかげで、日本の森はかつてないほど豊かになったのです。

それを逆に言えば、石油が品薄になり、石油危機になれば、日本人はまた絶対に山の木を伐るはずです。「背に腹は代えられない」という言葉がある国です。いざとなれば、日本人は山を禿げ山にします。そうぼくは確信しています。でも、そういうことはやめるべきです。天然林はもうそれほど残っていません。

その時を迎える前に、なんとかしないといけない。今から森林のコントロールについてのルールを決めなければいけない。「どういうふうに森を使うのか」という合意形成を、林業家だけでなく、国民全体でしなければいけない。それをやらない限り、いざとなったら絶対にまた禿げ山にします。

最近、林野庁が間伐にお金を出すようになったとたん、さっそくばさばさ伐ったために材価が下がり、材木屋が潰れるようなことが起こっています。国産材の狭い市場で、補助金が出たからといっていきなり大量に伐り出して売るから、そういうことになる。伐っても、売らずに山においておけばいいと思いますが、そうはならない。

逆にいえば、そのくらい山で仕事をしている人たちの生活は切羽詰っているわけです。そうした無軌道なことにならないですむように、きちんとルールをつくっておいてほしい。ぼくたちが要求するばかりではなく、現場の人たちが自分たちで決めてほしいし、そういう雰囲気をつくりたいと思っています。外野があれこれ言っても、地元の人が関心をもってくれないのでは、どうしようもない。

ぼくが日本の林業を守る活動に参加している最大の動機はそこにあるわけです。

二〇一一年七月二十日に発表した「日本に健全な森をつくり直す委員会」第二次提言書は、森を維持するための取り組みのひとつです。

産業としての林業

じつは近代産業として林業が成り立っているのは、欧米だけです。日本では、産業として成り立っているとは言えません。ただ、今でもきちんと事業として成り立たせている林業家も一部にはいます。しかしそれは、たいがいは大きな山持ちです。木を市場に出すまでに五〇年かかるとすれば、一年に伐れるのは全面積の五〇分の一でしかありません。五〇分の一ずつ伐って、五〇年たった時に最初に伐った木のところに植えた木が樹齢五〇年になっているわけです。これでやっていけるくらいの山をもっていなければ無理なのです。「本間《ほんま》様には及びもないが、せめてなりたや殿様に」という山形の民謡は、そういう広大な林地をもっている地主のことを歌ったものです。「本間様」は自分の土地だけを踏んで山形県中を歩けました。殿様をはるかにしのぐ土地持ちだったわけです。

日本には、ツンドラから多雨林まで広がっていて、森林の多様性が高い。これも大きな特徴です。しかしこれが、林業としては非常に厄介。自分の地元だけで使うなら問題ありませんが、林業としては、都会を中心に日本全国への安定供給が求められます。一年を通じて、一定量、一定品質の木材を出さなければ成り立ちません。日本の森の多様性は、そうした工業化には向かない森なのです。ドイツの森は木の種類も少なく、ほとんどが同じ高さ、同じ太さですから、いわば「木の畑」のようなもので、これは、林業に向いています。

現在の日本の林業の危機を示している言葉に「卒塔婆《そとば》からかまぼこ板までドイツ製」というフレーズがあります。ドイツ製の丸太は日本まで運んでくるのに運搬費が一本につき一万円かかります。それでも国産の木に比べれば安価で、割りに合う。ドイツには、ある程度の品質の木材を大量に、コンスタントに供給するシステムがある。つまり、近代産業になっているわけです。

ここは日本人の弱点で、そういったシステムを考えて組み立てることが非常に苦手な国民なのです。巧まずして回っている時はいいのですが、日本人は大きな仕組みづくりが苦手です。仕組みがなくても、多くの事柄では、その場その場で人が超人的にがんばって、なんとかしてきた。徹夜してでも、石にかじりついてでもがんばりぬく国民性が、逆に、大きな制度設計をする時の足枷《あしかせ》になってしまっているのではと思わざるをえません。これは文化的な習性ですから、ああだこうだ言っても仕方がありませんが。

そういう国民性を前提にしつつ、どうやって森を維持していくかを考える必要がある。ぼくはそれはできないはずはないと思います。ぼくが委員長を務めている「日本に健全な森をつくり直す委員会」は、できるだけ多くの人を巻き込んで、森全体を守る仕組みをつくろうとしています。

そこでは、多くの人に関心をもってもらうだけでなく、地方の現場で林業が成り立っていくような新しい仕組みをつくりたい。「川上から川下まで」と言っていますが、それを実現するためには、どうしても政治に関わらざるをえない。政治が動いてくれないと、林業の問題では前進は期待できません。

では、企業はどうか。林業が経済とうまくつながれば、間伐の問題も解消されていくはずですが、そこが非常にむずかしい。企業の論理では、経済性がないものに経費はかけませんから、どうしても、一帯の木すべてを伐ってしまう皆伐《かいばつ》に走りがちになります。すると、地元の人は、「山のことを考えていない。大雨が来たらどうするんだ」と言って怒り出します。

ドイツにはフェルスター（森林管理官）という役職の人がいて、その地域の森林に関する一切の権限をもち、全体の維持・管理を具体的に考えています。どこをどのくらい伐採するか、どういう方針で森を維持していくかとかいったことは、フェルスターの権限であり、同時に責任になっています。日本にはこうした制度もありません。

ただ、これまでずっと外材を扱っていた日本の大手の住宅メーカーや商社も、最近、国産材に注目するようになってきました。日本の山に木が溜まっていて、出荷が可能であることは間違いないので、それに関心をもつのは自然で、材木の取引でどうやって利益を上げていくか、知恵を絞っているところだろうと思います。

実際、今では木を貼りあわせた合板が大量に使われています。そこに力を入れて国産材を使うことも始まっています。東北のある合板会社では、間伐材を使って合板をつくり、しかも、木を伐ると出てくる半端な木材を有効利用しています。それまでは捨ててしまっていた半端材を、乾燥して燃料にしています。その端材を燃やして発電したり、あるいはその熱を使って、木材自体の乾燥を行ったりしています。さらに、工場で働く人たちのためのお湯を沸かすことにまで使っていて、工場を完全にエネルギー循環型にしているのです。

原発事故以来、木や生ゴミ、さまざまな廃棄物、畜糞などを使ったバイオマスエネルギーが注目されていますが、こうした循環型の使い方をしないとバイオマスエネルギーは使いにくい。たとえば、木や生ゴミは湿っていますから、まず乾燥させなければならず、そのために熱が必要です。乾かすためにエネルギーを投入しているわけで、これでは効率が悪いのです。

日本の森が一年にどのくらい成長するかはわかっていますから、森を持続可能にするためには成長量の分しか燃やせません。もし仮に、年間の成長量分をすべて燃やしたとしても、日本のエネルギー消費量としては、一桁台のパーセントにしかなりません。石油エネルギーがいかにありがたいかがわかります。

都会が家なら、山は庭

日本の国土で森林が占める面積は約六七パーセント、つまり国土の約三分の二が森林です。これはブータンと同じくらいの比率です。ただ生育環境上、標高四五〇〇メートル以上になると森林はありませんから、四五〇〇メートル以下だけで計算すればブータンは九割以上が森林になると思います。先進国で森林率が高いのは、フィンランドやスウェーデンで、フィンランドの森林率は約七三パーセントで、スウェーデンは約六八パーセントですから、日本はスウェーデンとほとんど同じくらいの森林率で、世界でトップクラスの森林国なのです。

ちなみに世界の森林率の平均は約三〇パーセント。アメリカやカナダ、フランスは三〇パーセント前後、ロシアでも五割を切っています。

ただし、フィンランドの森はおそらく伐ることができないだろうと思います。地下に一年中溶けることがない永久凍土が広がっていますから、森を伐ると光が入り、そこが溶けて水びたしになってしまうと予測されます。

人工林は、最終的に残す木の数よりもたくさんの木を植え、成長に合わせてだんだんと間伐、つまり間引きをしながら、まっすぐに上へ上へと育てていくことになります。スギは柔らかい木で、密植すると成長が少なくなり年輪が詰まる。そういうことをコントロールしながら、全体の成長を見ながら間引いていく。そうやって手入れをしながらできあがったのが、高級材の吉野スギです。

間伐にはいろいろな方式があります。現在、よく用いられている方法に列状間伐というものがあります。これは、一定の幅にある木をすべて伐っていく方法です。これなら木を一本一本見定める必要はなく、技術的にも容易です。しかし、その方法が本当に森のことを考えているのかといえば、そうとはいえません。間伐は、残したスギがいかに元気に育つかを考えて伐らなければいけない。そのためにはいろいろな細かいノウハウがあります。たとえば、間伐した森は風が通りやすくなりますから、台風などの強風が来ると木が倒れやすくなります。そこで、三本を組みにして残すと、どちらの方向から風を受けても、倒れにくい。

極端なスギ林は、木の上のほうの一〇パーセントくらいにしか葉っぱがついていないひょろ高い木ばかりになっていますから、間伐をすると非常に倒れやすくなります。葉っぱがないと、木と木の間があくため、風に弱くなる。そういう林には間伐は入れられません。もし伐るなら、皆伐をするしかない。そのくらいしか葉がないと、木も生きているだけで精一杯で、根で水を吸い上げるにも限度があり、成長もできない。今の人工林は、明らかに植えすぎです。本来は間引き、間伐をすることを前提にして植えてきたから当然です。

国は間伐をしていくつもりで、一九六〇年代に拡大造林という施策によって日本各地に大量にスギやヒノキを植えました。ところが、外材に負け、間伐してもお金にならなくなったので、放っておいたわけです。材価のわりに手間賃が安すぎるので、伐る人がいなくなった。もし伐るなら、選んで伐るよりも、全部まとめて伐ったほうが手間が少なくてすむので、皆伐が行われた。

まさに悲惨な状況にある日本の森林ですが、多くの人が森に関心をもてば、林業が商売として成立する可能性が高くなってくると思います。実際、間伐材を使いたいという声が上がり始めています。でも、根本に立ち返って言えば、国土の六七パーセントを占めている森林に、日本人は関心をもたなければいけないんです。

ぼくはいつも「都会が家なら、山は庭だろう」と言っています。余裕があったら庭の手入れをしなさいと。貧乏ならばそんな贅沢をする余裕はないでしょうが、今の日本は金持ちになったのに、なぜ庭を放っているのかと思うのです。もっと国土に関心をもってよ、と言いたい。

講演などで地方に行くと地元の人は観光地を案内してくれます。しかしぼくは、「人間がつくったものには興味がないんです」と言ってしまう。それで、「大きな木はありませんか?」と聞くと、たいがい連れて行ってくれます。結構各地にあるものです。

島根県の隠岐島には巨木が残っています。そのスギの巨木は、神社の御神体になっています。葛《かずら》をそのスギの巨木に七まわり半巻くという神事が行われています。日本には、昔からそういう木が何本もあって、昔からの木もたくさん残っています。日本にはかつて、こんな木がもっともっと生えていたのだ、ということが実感できます。

スギは、学名が「クリプトメリア・ヤポニカ（Cryptomeria japonica）」となっているように、九州から東北地方までを原産地とする日本固有種です。土着の木なので、植林しても生態系への影響が少なかった。今、東南アジアではユーカリやゴムを植えています。挙句の果てには、WHO（世界保健機関）の指導で、成長が早いからとポプラを植えています。ユーカリの原産国はオーストラリアで、本来はカラカラの土地に生える植物です。気候が似ているイスラエルやアメリカのカリフォルニアに植えるのならまだしも、モンスーン地帯の東南アジアに持ってきて、少し成長したところで伐って薪にしています。これは無茶だと思います。それに、ユーカリは意地の悪い木で、落ちた葉が毒を含んでいるので、まわりに木が生えなくなってしまいます。樹を他所からもってくれば、キノコや虫などの「付録」もついてきます。

日本では幸いなことに、神社仏閣の裏山が山岳信仰の対象だったり、神域として保護されていたので、森林がよく保存されています。奈良の春日山には今も原生林が残っていて、非常に珍しい虫が見られます。平城京を造る時に、この山が伐られたかどうかはわかりませんが、豊臣秀吉の時代に多少伐ったと言われています。人口が何十万人もいる大都市のすぐ横に、原生に近い林が残っている。このような山は世界にも極めて稀なはずです。

日本の原生林は、基本的には国立公園化されているところが多いので、今、そこは守られているといっていい。しかし、日本の森林の四割を占めている里山と人工林は私有地が多く、しかも、零細地主が多い。今、こうした山を利用するためのルールをつくらなければ、手遅れになる。ルールがないいま、そうした土地を中国人が買っているという現実もあり、余裕がないのです。

田んぼは将来のあなた

他の国と日本の自然の大きな違いは、日本の自然が強いということです。強いと言うか、植物の生育条件に恵まれているので、植物が成長するさまが非常に盛んです。ぼくは虫を捕りにあちこちの森林に行きますが、日本が他の国と違うのは、地面の土が見えないことです。日本は、暖かい季節に湿度が高く、水もあるので、どこにでも草が生え、花が咲いています。これほど裸の地面がない国は少ないはずです。草原をほうっておくと、森林になってしまうくらい、日本の自然は強いのです。

丸山真男は、「歴史意識の『古層』」という論文の中で、『古事記』や『日本書紀』でいちばん使われている言葉は「なる」だ、と指摘しました。実がなるとか、木が繁茂するという意味の「なる」です。日本の文化の根本にはそういう強い自然があり、絶えずそういうものと向き合ってこなければならなかった。

中国大陸では、森林をいったん伐り拓いてしまうと裸の土地になってしまう。日本の場合はそうならない。自然も、暮らす人にとって過酷なものではなく、わりあいに柔和な、柔らかい自然です。地震があったり、火山の噴火があったり、台風が襲ったりして、大きな被害が出ることもありましたが、住民が絶滅するようなことはなく、なんとか自然と折り合いながら生きてこられた。日本文化は自然との折り合いが非常にいい文化だと思います。

もうひとつ、いつもぼくが驚くのは、日本の川の透明度です。屋久島に行った時、土地の人から、「屋久島では、ひと月に三五日雨が降ります。雨粒はラッキョウぐらいの大きさがあります」と言われました。そのくらい大量の雨が激しく降っているにもかかわらず、川が濁らない。しょっちゅう雨が降るので、流れるべきものはすべて流れてしまっているということもあるのでしょう。世界の川はたいていどこも泥色をしていますが、日本には泥水色の川はありません。上流で工事をしたり、大雨の後は濁りますが、すぐ元の透明度に戻っていきます。

日本の植物生産量は極端に多い。この人口過剰気味の島国が、完全に自然を破壊せずに生きてこられたのは、土と水とに恵まれていたからです。くどいようですが、日本はいまだに七割近くが森林というとんでもない国です。ただ、もしも石油がなくなったら、すぐにまた木を伐り始めるに違いありません。特に今の人は、森のありがたみを知らないので、燃料が足りないとなれば、かならず木を伐り尽くします。

だからぼくは、森をきちんとコントロールしなければならないと言っているのです。現状はルールがないので、ほうってあるところはほうりっぱなしになっている。ほうってあるということは、ニーズが出てきたらいっぺんに伐られるということです。

そういう意味では、ぼくは日本人を信用していない。ルールをつくり、バランスよく残す森の使い方を、森が豊かな今にこそつくるべきだと思っています。

生活の場の近くにあって、輸送費をかけないで運べる木は、いざとなったら非常に貴重な資源です。前にも言ったように、ドイツから丸太一本一万円もかけて輸入しても採算があっているというのは、どこかがおかしい。これだけ木が盛んに生い茂る国なのに、自給率はわずかに二割程度。日本の木材需要は、計算上では、日本国内の木材生産量でまかなえるはずです。にもかかわらず、輸入国になっているというのがおかしなことなのです。

こういうことをしているから、世界の森林を破壊したのは日本だと言われるわけです。たとえば、近年台湾でヒノキの伐採が禁止になりましたが、禁止になる直前に、台湾の業者は駆け込みで大量の木を伐った。それをストックしてある場所に見に行った人がいて、現地の人から、売り先がすべて決まっていると聞いてきた。その売り先は、ほとんどが日本の寺社だったそうです。

国内の木をほったらかしにしていて、森の知識もあまりない。海外の木を伐りあさっている現実も知らない。それでいながら、日本人は「自然はやさしい」とか、「自然にやさしくしよう」などと言っている。これこそが島国根性です。

日本の自然はやさしいと言っても、東北の三陸を襲った津波も自然ですし、地震も台風も自然です。現代の日本人は、自然の自分たちにありがたい面だけ捉えて「自然はいい」などと言っているだけです。

「環境」という言葉は、みずからを自然から切り取って、「自分」というものを立てたことでできた言葉です。昔の日本人は、自分の外に環境があるとは考えていませんでした。

今の日本人に、「田んぼは将来のあなただよ」と言っても通じないでしょう。田んぼに稲穂が実り、米を収穫し、その米を食べれば、それは自分の体の一部になります。大気も同じ。まわりの空気を吸い込めば、それが自分の体の一部になる。つまり、田んぼの実りも人を取り巻く空気も、いずれ人の一部になります。それが、「田んぼは将来のあなた」の意味です。

昔の人は、人間は死ねば土に還る、ということも知っていた。だから、田んぼや空気を単なる環境などと考えなかった。「自分を立てる」というのは、脳が行っている、勝手な区分でしかない。人と自然を対立的に見せてしまうという意味で、「環境」という言葉は使わないほうがいいのではないかと思っているくらいです。

貧しさ、豊かさ

今の日本人の生活と伝統文化との間の断絶が深まっています。伝統文化と現代人の日常生活は、多くの部分で切れてしまっているのです。畳の部屋がふつうであり、茶道という文化もはぐくんできた日本人は、そもそもお茶を畳の部屋で飲んでいました。しかし、最近はどの家も、畳の部屋が少なくなり、マンションなどでは畳の部屋が一部屋しかないというのは当たり前になっています。

以前マンションの部屋を案内してくれた人がいて、畳のある小さな和室を指して、「ここはお年寄りのための部屋です」と説明してくれました。ぼくはあまのじゃくなものだから、「格子をつけて座敷牢にするんですか」と冗談を言ったんです。でもそう感じさせるくらい違和感があり、実際に格子をつけたら座敷牢になりそうでした。

生活の各所がそんなふうになっている現状では、伝統文化は木に竹を接ぐような感じになっていて、もはや自然ではなくなっています。私たち日本人にとって、古典的なものと新しいものを、どこでどう折り合わせていくかということは大きな問題です。伝統文化を存続させていくためには、日常の中にそれが自然な形で入っていなければいけない。とってつけたような、不自然な接続では、十分な継承・継続はむずかしいのです。

それと同様に、ぼくが今いちばん大切だと思うのは、日常生活の中に、「自然」をどういうふうに取り入れていくかということです。そこでぼくは、「現代の参勤交代」を言ってきました。

日本では現在、国土の六割近くが過疎地です。人がどこにいるのかと言えば、それは都会です。都会の人が過疎地に行けば、間違いなく人口がならされる。そんなことは無理だ、という声がすぐさま聞こえてきそうです。私の考えはこうです。

都会の人が、たとえば一年に一か月でもいいから、そうした土地に滞在し、体を使って働いたり、のんびりしたりできるようにする。日本人で有給休暇を完全に消化している人はほとんどいませんから、きちんと休みをとっていただくためにも有効です。みんなが順番に休み、リフレッシュしてふたたび仕事に取り組めば、そのほうが、効率も上がっていいはずです。

田んぼの手入れでも、スギの間伐でも、なんでもいいので、実際に何かをやれば、自然や文化に対する考え方が違ってくるはずです。都市についての考え方が変わってくるかもしれません。過疎になった地域も生き返る。それこそ、日本全体の国土の再生になります。

参勤交代はおもに、霞が関の官僚たちを念頭に置いたアイデアだったのですが、サラリーマンも、自営業者も、みんなで長期の移動滞在をすればいい。都市以外の場所で、一定期間過ごすことの効用はけっして小さくないはずです。こうしたことが制度化できたらすごいのですが。

自然との接触が、日常の必然にならなければ、「伝統的文化」も、単なる掛け声やスローガン、旗振りみたいなものにすぎません。それでは長続きしないし、結局何も変わらない。

現代には、日本文化が醸成された頃の貴族や権力者はいません。ふつうの市民ばかりです。彼ら彼女たちの生き方を考えていくしかありません。ここで大切なのが、日常の中に伝統的な文化を入れていくということです。頭の中だけの思想ではいけませんし、そういうものは定着せず、継承も困難です。やはり、体を使う日常の生活のなかに蘇ってこなければ、本物ではありません。森の問題でも同じことで、それが日常の関心事にならなければ、結局は続きません。

人間は、本当は森林よりも荒地が好きです。東アフリカがサバンナに変わった時、チンパンジーやゴリラや人間の祖先になったサルは、木からサバンナに降りました。人間は森を捨てて、乾いた平地に住んできたのです。人間は本来、荒地のところどころに緑があるようなところが好きなのです。

現代でも人類は、ピグミーのようなごく例外的な人たちを除けば、森に住んでいません。人間は鬱蒼とした森には住みたいとは思わないし、住むこともできない。見通しがよく、平たい都市の向こうに木立があるようなところが人間の好みです。脳の本来の志向としては、荒地にちょっと木があるくらいがいちばんいいし、現に多くの人間が住んでいるのは、そういうところです。私たちはみな、こういう意識をもっていたほうがいいと思います。

縄文遺跡が典型的です。縄文の遺跡は落葉性の植物が多い東日本に多い。冬になると葉が落ちて、見通しがよくなるようなところのほうが暮らしやすかった。一人では抱えきれないような太い椎や樫が生えているようなところは苦手でした。なぜかと言えば、それらを伐る方法がなかったからです。じゃまだと思っても、お手上げだったのです。

縄文時代の居住跡には、太い木があったことが知られています。ある時、建築家の藤森照信さんに、「縄文人は太い木を崇めていたんですか」と尋ねたら、笑われました。「石斧であんなに太い木が伐れますか」と言うんです。つまり、彼らの力では伐れなかったから、集落に巨木があったというわけです。

そういう巨木は、製鉄が始まり、巨木に負けない斧ができるようになってはじめて、伐り倒されたのです。西日本は縄文遺跡が少ないのですが、木を伐ることができるようになった人々が徐々に西日本に進出していったという、時間的な落差があるからではないかと考えています。

森を再生しても、「どうだ、いいだろう!」と他人に言えるまでの森にするには何十年もかかります。作家のC・W・ニコルさんは、一九八〇年代の半ばから長野県の黒姫で、荒れた森に手を入れ、「アファンの森」をつくってきました。地元に山のことをよく知っている人が残っていたから、今の森の立派な姿があります。

やろうと思えばできる。二〇年から三〇年くらい辛抱すれば、どこに出しても恥ずかしくない立派な森ができてくる。「アファンの森」はそれを示しています。今の日本は、恥ずかしい森ばかりです。しかも、手を入れると言ったら、皆伐するか、列状間伐をするていたらくです。

みんな関心がなく、知らないだけです。日本はお金持ちになったのだから、もう、森や自然のことを本気で考えてもいい。生活に余裕が出たら、庭をきちんとしようとするのがふつうの人。家はもう足りているどころか、あまっています。そろそろ庭の手入れをしてもいい頃です。

若い人に「森」というと、ウィーンの森やフォンテーヌブローの森のような、平地にあるこんもりとした森をイメージすることが多いと思います。しかし日本では元来、「森」とは「山」のことでした。平地に巨大な木が生えているというヨーロッパ式の森はありませんでした。そういう場所があれば、人が住むか、開墾して畑や田んぼにしています。ですから、森と山は一緒なのです。

都会育ちの人は、山に行っても、何をしたらいいかわからないと言うかもしれません。山に行ったことのない子どもは、そこでの遊び方がわからないでしょう。でも、それでいいんです。その、途方に暮れた状態から始めればいい。そこで自分なりに楽しみ方を見つけていく。そこから、自分の組み立て直しが始まる。「森に行くと、どんないいことがあるんですか」という質問をしているうちは、何も見つかりません。まずは行ってみることです。

どんな効用があるのかわからなければ、行きたくない、というのはさびしい考え方です。そういう思いがまず頭にあるから、頭にあることしか体験できなくなってしまうのです。豊かな生活と言われながら、人生が貧しくなってきているのは、ここにいちばんの原因がある。

現代人はとかく余裕がない。大人も子どもも余裕がない。だからこそ、思い切って、外に出てほしい。花鳥風月の世界は、人間の大切な一部です。本来であれば、山に関心をもってくれるはずの人が、チャンスがないために、気持ちのいい自然に接することなく暮らしているのがもったいない。

参勤交代は大げさかもしれませんが、時々自然のなかに入っていくことは、すべての人にとって、プラスの意味を持っているはずです。そこでは、少しだけかもしれませんが、人生が豊かになっている。

II

森は明るくなければならない

——鼎談

養老孟司（東京大学名誉教授）
竹内典之（京都大学名誉教授）
天野礼子（作　家）

撮影　戸矢晃一

木を伐ってはいけない、は本当か

天野　最初に三人でお会いしたのは、二〇〇六年四月二十七日、高知県の横浪半島に竹内先生と一緒に、養老先生をお招きした時のことだったと思います。

二〇〇三年に、竹内先生と、やはり京都大学の田中克先生が、「森里海連環学」という新しい学問をつくられました。私がこの学問を知ったのは、翌二〇〇四年十一月のことで、京都鹿ヶ谷《ししがたに》の法然院で、C・W・ニコルさんをメインゲストに招いて、森の教室を開催した時でした。「森里海連環学」と聞いて、私はそのすばらしさ、可能性が瞬時にわかりました。森、里、海はつながっていて、その三つを同時に視野に入れてものを考えていくことの大切さを感じたからです。私はすぐに、その頃頻繁に通っていた高知県に向かいました。ちょうどその頃、横浪半島の照葉樹林帯にあった「こどもの森」を、県が閉鎖するという計画があり、それをどうにか止められないかと考えていたからです。知事に、「この学問を高知県に導入してください。そうすれば、こどもの森を閉鎖しないですみます」と依頼しました。京都大学と高知大学が協力して、森里海連環学について考える施設をつくり、森を維持していく。最終的に、いろいろな人々の思いが現実となり、開所式という運びになりました。この開所式に、養老先生にゲストとして登場いただいたというわけです。

また、以前から私は、日本は戦後、人工林をつくることを、あまりに急ぎすぎ、その結果、森全体のつくり方を間違えたのではないかと考えていました。そこで、二〇〇八年七月、養老先生に、「日本の森を再生させるため、『日本に健全な森をつくり直す委員会』をつくりたい」と相談をし、委員長に就いていただいたのです。

今日、ここでは、養老先生、そして森里海連環学を提唱してきた竹内先生と三人で、日本の森について考えてみたいと思います。

養老　日本の山は、江戸時代にはほとんど禿げ山でした。それは、江戸期の山の絵に、木がまばらにしか描かれていないことを見てもわかります。当時、煮炊きや暖房などに必要なエネルギー源が木だったわけですから、山に生えている木を伐り倒してエネルギーとして使用するのは、当たり前のことでした。近代以降に石油や石炭が使えるようになったことで、日本の山は急速に緑を取り戻していきます。

日本の自然は非常に強いので、草木はあっという間に生え、茂ります。国土には火山が多く、火山灰が厚く堆積しているため、なかなか沃土がなくならず、比較的短期間で緑が再生するという仕組みです。

関東地方で言えば、富士山、箱根山、浅間山が噴火し、大量の火山灰を降らせた。今も私たちはこの恩恵を受けているわけです。土壌的にこれほど恵まれた国は、世界を見てもほとんどないと思います。

日本で、森林の伐採がもっとも進んだのは、おそらく第二次世界大戦直後だと思います。戦争で焼失した家を再建する需要が生じたばかりではなく、戦場から復員してくる人々や外地から引き揚げてくる家族がたくさんあったため、住宅難が生じたのです。この時、住宅の供給が大きな課題となって、大量の木を伐りました。

竹内　今、飛行機に乗って上空から見れば日本列島は緑に見えます。でも、林の中に入って、野うさぎの目で見ると、砂漠のように見えるはずです。人工林は、その名の通り、もともと自然にあったものではありません。人間によってつくられたものです。ただ、人間によってつくられたことが悪いわけではありません。ずいぶん昔から人間は人工林をつくってきましたが、つくるにあたって暗黙の契約があったはずなのです。つまり、子孫に向けてちゃんと最後まで手入れをします、という契約です。こうした認識が共有され、その上ではじめて人工林をつくってきたわけです。

ところが、一九八〇年代くらいから、日本人は手入れを放棄するようになりました。その背景には、外国から安い材木が輸入され、林業が成り立たなくなったことがあります。とにかく、今の日本の人工林はひどい状態です。手入れをやめてしまったことで、深刻な状況をつくり出してしまいました。

天野　日本の林業は長い歴史をもっています。人工的に森をつくるということでは、五〇〇年の歴史をもつ奈良県の吉野林業は、世界でももっとも古い林業です。吉野林業は吉野スギの産地として知られ、長年、日本林業の模範とされてきました。この地での最古の造林は、室町時代後期（一五〇〇年頃）に川上村などで行われたと伝えられています。吉野スギは、たとえば、秀吉の大坂城や伏見城を築くため使われました。また、多くの神社仏閣に使用されてきました。吉野の林業地は、江戸時代には幕府の直轄領となって大切に守り継がれ、明治以降も手入れはおろそかにされず、造林面積は増え続けていきました。

しかし、第二次世界大戦後の「拡大造林」政策で、日本の森林に大きな変化が生じます。この政策が後に大きな問題を引き起こします。先ほど養老先生が、戦後、大量に木を伐ったとおっしゃいましたが、一方で、伐った後に大量の造林も行っていたのです。

戦後の復興のため木材需要が急増し、それに合わせて政府は急速に造林を進めます。広葉樹林や里山の雑木林、奥山の天然林などを伐採し、そこを成長が比較的早いスギやヒノキ、カラマツなどの人工林に植え替えていきました。いわば、商売・効率一辺倒で日本の山をスギやヒノキの大造林地にしていったのです。

その後、一九八〇年代に北海道の知床や東北の白神山地で、「森を守ろう！」という自然保護運動が起こりました。林野庁が天然の森を大量に伐っていたのを見て、「貴重な森をこれ以上伐ってはいけない」と、多くの人々が木に抱きつくなどして、森を守りました。こうした運動もあり、やがて「森の木をこれ以上伐ってはいけない」という世論ができあがっていきました。

この当時、私も、「貴重な森を伐ってはいけない」と考えていました。しかしその後、「森を伐ってはいけない」という声が大きくなりすぎ、事態を深刻化させていきます。人工林は、木を伐りながら手入れをしなければならないのに、木が伐れなくなってしまったのです。木を伐らなければ、森そのものが守れないわけですから、「森の木をこれ以上伐ってはいけない」という掛け声は、じつは森にとって有害だったのです。これではいけないと気づき、今度は「森を守るために木を伐ろう、森を守るためには木を伐らなくてはいけないのだ」と、アピールするようになりました。

しかし、あの時の「森の木を伐ってはいけない」という刷り込みは相当強固で、たとえば、あちこちの集会で、「森を元気にするためには、間伐をきちんとしなければいけません」という話をしても、お母さんと一緒に来ている子どもが、「オバチャン、木は伐っちゃいけないんだよ」と言うくらいなのです（笑）。八〇年代の自然保護運動によって、日本人は「どんな木も伐ってはいけない」と思い込んでしまったのです。

竹内　私は一九七〇年からの一〇年間を、北海道で、カラマツの間伐をしながら過ごし、一九八〇年代の初頭に、和歌山県にある京都大学の演習林に転勤になりました。そこに行ってびっくりしたのは、天気のいい日でも電灯が必要なほど森が暗かったことです。

大学の演習林がこのありさまならば、他はもっとひどいだろうと思い、「これからの日本は、木を伐る時代ですよ」と言い始めました。ところが、一九八二年に白神山地問題、八六年に知床の問題が起こって、自然保護運動が盛んになり、「木を伐ってはいけない」という題目だけが一人歩きして、それが常識になってしまいました。「木を伐るべきだ」と言うと、学会でもバカにされる始末でした。そして、「自然は大事ですよ」、「森は大事ですよ」、「木は大事ですよ」という言葉ばかりが広がって、森からは人の気配が消えていきました。それで、森に野生の気配が蘇ってくればよかったのですが、人工林は、ただ荒廃していくだけで、野生はほとんど回復しませんでした。人工林はほうっておいても、簡単に野生に戻らないのです。私たちは、「死の世界」のような森をつくってしまったことになります。

まったく同じ頃に、同じことをおっしゃったのが、C・W・ニコルさんでした。彼も、「ヘンな外国人が来て、木を伐っている。木は伐っちゃいけないんじゃないか」と言われ続けました。ニコルさんは長野県の黒姫に「アファンの森」というすばらしい森をもっていますが、簡単に自分の森づくりができたわけじゃないんですね。

　もし一九八〇年代から間伐していれば、当時は材価もまだ高かったので、それなりの値段で売れ、今よりは人の手の入った健康的な森にすることができていたと思います。しかし、アメリカとの貿易交渉の中で、材木の関税が引き下げられ、安い外材に圧倒されていきました。結局、人が森に入って手をかけ、国産の材木を売買することがかなわぬまま、森が放置されていったのです。今まさに、その皺寄せが来ているわけです。

日本の自然、西洋の自然

天野　明治維新以降、日本は、西洋から、自然科学をはじめとして、さまざまなことを学びました。鉄道についてはイギリスに、川の治水についてはオランダに学び、林業分野はドイツがお手本でした。ドイツからはさまざまなことを学びましたが、残念ながら、現在の日本の森とドイツの森はかけはなれた状況にあります。

一八世紀後半イギリスで始まった産業革命は、各国に波及し、ヨーロッパ諸国は大きな変革の時期を迎えます。その事情は、ドイツでも同様でした。ドイツでは一八四八年頃から産業革命が起こります。伐った木を燃やし、エネルギーとして使うことが続きます。こうして、一度はドイツの森は失われていきました。しかし彼らはしばらくして、森がなくなっていくことの問題点に気づき、その再生に取り組み始めます。以来約一〇〇年、現在のドイツの森は立派に再生し、市民に親しまれる森が育っています。日本も、長い視野での森づくりに取り組まなければならないと思います。

竹内　今のドイツの森はほとんどが人工林です。たとえば、有名な「黒い森（シュヴァルツヴァルト）」も産業革命以後に植栽された人工林です。産業革命の時、すべての木が伐られてしまったと言います。モミやトウヒ（唐檜。マツ科トウヒ属の常緑針葉樹）の木が密集していたため、黒く見えたので、この名前がついたと言われています。「黒い森」なんて言われているので、人工という感じがしないかもしれません。自然の力、威厳を想像させる言葉です。実際、ドイツ人にも、今の「黒い森」が人工林だという感覚はほとんどなく、自然そのものだと思っているはずです。

養老　「人工」か「自然」かという問題は、日本人と西洋人がそれぞれ、「世界」をどう捉えているか」という問題に関係しています。私たちと西洋人は、「世界」に対して、根本的に違った見方をしています。

たとえば、「自然を大切にしよう」という時の「自然」は、英語に翻訳すれば、「nature」でしょう。でも、「nature」と「自然」は、そっくり同じではありません。森林で考えるならば、「nature」という言葉は西洋の人々に、原自然、つまり原生林みたいなものをイメージさせます。ところが、日本語で「自然の森」という時の「自然」は、どちらかと言うと、里山や二次林を想像させます。つまり人間の手の入った自然なのです。この時日本人は、見たこともないような、手付かずの自然をイメージしていないと思います。この違いは、世界というものを、日本人は感覚的に捉え、ヨーロッパ人のほうは概念的に捉えていることに原因があるのではないかと思います。

「神」のあり方を考えるとよくわかるのですが、ヨーロッパの神が唯一神であるのに対して、日本では八百万《やおよろず》の神様です。ヨーロッパでは、神を言葉で概念的に規定するため、唯一神という考え方が強くなります。日本人は森羅万象に神を感じ、その感覚を重んじてきたので、ひとつの神に収斂《しゅうれん》していかない。唯一絶対の神様のほうが高級で偉い、多神教は原始的だとなるのは、西洋の目からすれば当然でしょう。プリミティブな把握よりも、概念的な認識のほうが進んでいるという前提があるから。そして日本人も、それをこれまで信じ込んできたところがあります。しかし、脳は多様なものを好みます。脳から考えれば、一ではないこと、つまり多様性こそが、自然なあり方なのです。

若い頃、私は、「自然」と「人工」の対比をずいぶん考えました。ただ、この区別はどうやらあまりうまくいきません。「人工的」は、英語ではアーティフィシャル（artificial）です。たとえば、ハチの巣を見て、西洋人は、それをアーティフィシャルだと言います。人間がつくったような規則的な造形なので、「人工的」と見るのです。でも日本人は、ハチの巣を「人工的」とは思いません。

一神教を信奉する人たちが、世界を概念的に捉えていることを示す例はたくさんあります。イランの留学生を前に「この机は人工だ」と言ったら、彼から、「いいえ、自然です。材質は自然のものです」と返されたことがあります。木でできているから自然だ、という考え方です。

欧米の発想は、徹底した還元主義です。還元主義というのは、複雑なものをより単純で基本的な要素に分解することで説明しようとします。だから、これは概念的な発想のもとでなければなしえないことです。要素の還元を繰り返して、結局は分子・原子の世界にまでたどり着きます。多様な現象を、微細な「物質《マテリアル》」の領域にまでもっていくんですね。全世界が一〇〇くらいの元素でできているというのは、彼らにとっては何の抵抗もない発想ですが、日本人は教わらない限り、ほとんど思いつきません。

この発想の根本を形づくっているのは、たぶんアルファベットなのだろうと思います。たとえば英語では、アルファベット二六文字とスペースとピリオドとコンマがそろいさえすれば、人間の話すことはすべて書けます。

彼らは、人間が意識できる事柄は、アルファベットを介してすべてが言葉にできると考えます。逆に言えば、言葉にならないことは意識されていないことであり、存在しないのと同じだという考え方が基礎にある。これがまさに、聖書の「はじめに言葉ありき」の意味です。彼らは言語化されないことや、意識化されないものは、存在しないという前提で動いている。ある意味では、これほど強い原理主義はありません。

しかし、日本人はそんなことを思っていません。日本の文化では、「言えないことがあるのが当たり前」、と考えます。日本は明治維新以来一五〇年間以上、西洋人という、根本的に異質な人々の思想や思考を材料にものを考えてきたことになります。ここに「混乱」の芽があるわけです。その混乱は、現在の日本の森にもよく出ています。

人工林とは何か

天野　最近は、「人工林は自然なのか」と疑問を呈する人がいます。「人の手が入っているので、自然ではないのではないか」と。

養老　それはアメリカ流の考え方ですね。アメリカの国立公園では、食べ残しから排泄物まで全部ビニール袋に入れてもって帰れと規制しているところがある。人間がつくったもの、生み出したものは、「自然」ではないので、本当の自然から排除すべきと考える。これはアメリカ流の原理主義的な自然観です。

日本人の「もの」の見方は、自然の見方にも影響を与えていると思います。自然を見る時にも、五官に訴えるものとして受け止めるから、対象に人の手がどのくらい入っているかがひとつのポイントになります。日本人にとって、完全に人の手が入っていないものは人間とは関係ない。それは概念でしかないから何の意味もないし、関心も示さない。一方で、完全に人の手によるものであれば、それは人工のものとなる。日本人が「自然」と認めるのは、人の手があまり入っていない状態、逆に言うと、少しは手が入っている状態です。

手がどのくらい入っていれば「自然」なのかは、人によってグラデーションがあり、計算もできませんが、五割くらい入っていても「自然」だと思うように感じます。その意味では、日本人にとって、里山は典型的な自然ですし、人間が手を入れた後に、草木が勝手に育っていった状態も「自然」と認識します。稲は自分たちで植えて、その後も栽培しているから自然とは言えないと受け取る人もいるかもしれませんが、多くの日本人には、田んぼも畑も自然です。もし、里山にある木がわざわざ植えたものでなかった場合、日本人の感覚では自然の最たるものとなる。しかし、手付かずの自然、原生林を「自然」とする欧米人にとっては、里山は「nature」ではありません。

先ほどの竹内先生のお話にありましたが、ドイツ人は人工的につくられた、今のシュヴァルツヴァルトを自然の森とみなすわけですが、そ

竹内　れは、原生の森に見えているからですね。日本人は、森林を「天然林」と「天然生林」と「人工林」に分けてきました。天然生林という言葉を知らない人がいるかもしれませんが、これは、おもに天然の力を活用しながら維持している森林のことです。

なぜ私たちが針葉樹の人工林を育ててきたのかと言うと、ひとつには、針葉樹の需要が高いからです。針葉樹はソフトウッド（軟材）と呼ばれ、加工がしやすいのです。だから、どんどん植え、そして伐って使ってきました。

また、針葉樹のほうが広葉樹よりも成長量が大きく、生産力が高いという事情もあります。理由はいろいろですが、スギ、ヒノキは冬になるたびにすべての葉を落とすわけではありません。それらの木は葉の寿命が長く、だいたい六～七年分の葉っぱを残しています。樹木の成長は、葉に当たる日光の量に関係しますから、毎年すべての葉を落とす落葉樹が、針葉樹と同じだけ成長をしようとすれば、それだけの量の葉っぱを毎年つくらなければなりません。膨大なエネルギーを使って、大量の葉っぱをつくらないといけないので、面積当たりの成長量はどうしても落ちてしまう。

日本人は一本の丸太からとったものしか「無垢材」と言いませんが、ヨーロッパでは集成材も「無垢材」としています。木質以外に何も入っていないからです。今、強度や耐震性といった理由で、日本の消費者もどんどん集成材のほうへ流れています。日本人が木材を建築用材としてこれからも消費していくかどうかが、これからの林業、林業地の問題として大きなウエイトを占めてくると思います。このままだと、日本の人工林は、今後どんどん消えていくでしょう。

養老　ぼくの勘では、それは適当な比率で収まると思います。従来のさまざまな問題は全部そうでしたから。典型はコンピュータが入った時にペーパーレス時代になると言われましたが、今、紙がなくなったかといったらとんでもない話で、紙だらけです。

竹内　日本人の多神教的な面が反映されているのか、日本人には、これでなければいけないというものがありませんね。日本の場合は、どこで道に迷ってもほとんど死ぬことはありません。死ぬほどの厳しさに向き合わされることがないためか、極端に傾かないということが遺伝子に組み込まれているのかもしれません。人工林の規模もどこかほどよいところに落ち着いていくのだろうとは思いますが、とりあえず今は拒絶反応を示す。

養老　ぼくが不思議でしょうがないことのひとつは、外国には、日本のような山道がなくて、道をたどっていけばかならず人の家に着くことです。世界の常識では、道とは、本来そういうものなのでしょう。どんどん道を歩いていくと、山を越えてしまうなんていうのは日本だけです（笑）。台湾で虫捕りをしていて、細い道があって、ちょうどいいと歩いていると、かならずその先は人の家、そうでなければ、畑です。ドイツのハイデルベルクの「哲学者の小道」は歩いていっても家がないけれど、あれは例外で、そういう道をわざわざつくったのです。日本は山国だから、集落と集落を結ぶ峠がむちゃくちゃ多い。「峠」という字は国字ですね。

この間、箱根から山梨県の道志村《どうしむら》に車で行きました。乙女峠を通って御殿場に抜け、御殿場から籠坂峠《かごさかとうげ》を通って山中湖に抜け、山伏峠を通って道志村に入る。これだけの数の峠を越えていくことも驚くべきことですが、峠を抜けるたびに天気が違う。これには本当に驚かされます。箱根はカラカラに晴れていたのに、乙女峠を越えた瞬間に御殿場は曇っていました。

さらに、御殿場を通って籠坂峠を越えると、また天気がよくなる。こんな自然環境のところに、人が大勢住んでいるのは、世界でも珍しい。日照権の裁判が盛んだった頃に、「日照権は日本独特だ」と文句を言った人がいましたが、今になってみると、それは土地によって細かく条件が違う日本の地勢の特徴だったわけです。イタリアなんてだらーっとした山があるだけだから、家がみんな同じ向きを向いています。日照権が問題になるのなら、あちらは全戸にありますよ。

和辻哲郎の『鎖国——日本の悲劇』（岩波文庫）が指摘していることは、基本的にはこのことなのです。西洋は自然条件をわりあいコントロールしやすいから、合理的な思想が発達するのだというのが彼の言い分であって、日本の自然はそういかないよと言うわけです。このことが林業にも農業にも現れています。たとえば、日本人は「技術」と「技能」をあまり区別していませんね。端的に言うと、「技術」はマニュアル化できるもので、「技能」はできないものです。日本の自然は多様だから、ある地域でマニュアル化しても、あっちでは使えないという状況が絶えず起こる。そこで技能を司る「名人」が生まれてくるわけです。気象・地象の細かな違いが、日本では人々に非常に大きな影響を与えています。

技術と技能

竹内　木に関しても、「森の密度管理とは、一本一本の木に、生き生きと成長できる太陽光と空間を与えることによって、森を健全な状態に保ちつつ、生産目標を達成するためのものであり、間伐はそのための作業である」という提示はできるんですが、「この森は木を何本伐ればいい」とは言い切れない。料理人の前に、毎回まったく違う素材を並べて、これを料理するためのレシピをつくってほしいというのと同じことで、つくりようがない。そうではなくて、その場に応じた方法をきちんと考えるのが、現場の技術者、養老先生の言う「技能者」です。どんな人かと言うと、森を見、これに対してこういうアタックをしたらこういう応答があるということを身をもって感じられる人。それができる現場の技能者を、日本はこれから育てていかないといけない。今は、この国の森林からそういう人がいなくなってしまっているのです。

「鋸谷式間伐《おがやしき》」という方法を考案した鋸谷茂さんは福井県森林整備課に勤務されていた方ですが、「指針としてこういう図が書けます。その図を使えばやっていけますよ」と言ったところ、受け手側はそれをマニュアルだと思い込んで、状況が違っている森に対して同じ方法をとってしまったと言います。こういうことでは森は守れません。

養老先生にはじめて会った頃に、「林業技術者がいなくなった」という話をしたら、「生業《なりわい》がないからでしょう」とおっしゃいましたが、東日本大震災からの復興過程を見ていて、こういう状況が林業にだけ起こっているのではないことがわかりました。ぼくは今、すべての業種で技能者がいなくなったと見ています。その場で起こっている全体を見て、それに対応できる人がいなくなってしまったということです。本当の「技能者」をつくっていかないと、「日本再生」はありえないと思います。

養老　日本が現代まで多神教で来ている根本の理由も、たぶん日本の自然が多様であり、豊かであり、複雑であることに由来しているのでしょう。自然条件が非常に複雑だから、まず感覚で全体を捉えないといけない。日本人にとっては、自然とはまず感覚に訴えるものなのです。自然に対して、一律に対応しようとはしてこなかった。

ブルドーザーを入れた町を見るとよくわかりますが、作業の効率はよいけれど、とんでもなくつまらない町ができます。ぼくは鎌倉にいるから、よくわかるのですが、鎌倉は古くからの別荘地で、古い住宅地は地形に合わせてつくられているので、細かい道を曲がっていくと、そのたびに風景が変わっていく。日本庭園と同じようなもので、散歩が楽しい。

鎌倉にはブランド価値があるからと、大会社が造成して碁盤目状の住宅地をつくるのですが、これがどうしようもない。きれいな家をつくるけれど、ぼくは住みたくないし、そういうところは散歩もしたくない。

竹内　森林の話でも「一律化」については思い当たることがあります。戦後の拡大造林を批判する際に盛んに出てくるのは、天然林を伐ったという話ですが、もっと根源的な「悪」があったと思っています。

江戸時代から、日本各地でいろいろな森林再生技法が試されて、見出されてきました。それぞれの風土に合った技法・技術が伝承されてきたにもかかわらず、戦後は日本全国で一律の対応をとってしまったのです。「手入れ」の仕方についても一律化しました。どこも同じシステムで、同じように伐りなさいというのは、拡大造林の乱暴なやり方と何ら変わらない。本来、マニュアル化できるはずがないのです。天然林を伐ったということよりも、その伐り方にこそ問題があったと思うのです。

指針として、「間伐が必要です。こんなふうに間伐すれば、こんなふうになりますよ」とは言えます。ただ、それを基本にしながらも、それぞれの森林にどうアタックするかということが問題になるはずなのに、すべてをマニュアル化してしまおうとして無理が出る。どこまでいっても「技能」に頼らないといけない部分があるのです。

こういう話をしていて、ホテルオークラの元・和食総料理長の星則光《ほしのりみつ》さんと意気投合したことがあります。料理の世界でも、若い料理人はすぐにレシピをくれと言うのだそうです。でも星さんは、料理はお客さんがいて、素材があって、その日の天候や陽気などいろいろ考え合わせてつくるものだと。お客さんが変われば調理法も変わる。森づくりも同じだ、とぼくは思いました。

ドイツ林業が見事だからと、ドイツ人を連れてきて日本の森をどうにかしようとしても、できるとはとうてい思えません。まったく違う環境の中で育ってきた人が、日本の森を扱えるとは思えないからです。日本の環境は多様で複雑きわまりないものです。研究者はそのことをよく知っています。たとえば、ヨーロッパの研究者が日本に来て、京大の芦《あし》生《う》研究林に入ると、「こんなところでよく研究しているな。こんなに複雑・混沌としているところで研究できるはずがない」と言うのです。たしかにドイツの森はすごく単純で、モミとトウヒとブナくらいしか生えていません。

養老　ぼくも日本の森の多様性を感じています。高知県の大川村に行ったことがあります。ぼくが行くというので、前の日に八十歳のおじいさんが一人で山に入って、なんと三一種類もの一年生の苗を抜いて集め、タライに入れて見せてくれた。こんな森はヨーロッパにはないと思います。

竹内　ないですね。

養老　一律化ということで言うと、医療でも同じですよ。医療はマニュアル化されたのです。健康保険で、何をやったらいいか、そしてその医療行為が何点か点数が決まっているんだから。

天野　顔も見てくれない医者がいますから（笑）。

養老　そうそう。個々の患者さんを見なくなりましたね。そして、患者さんがどんな病気であっても、病院に行けば、とにかく検査だけは徹底的にするようになった。それで病院は収入を上げますが、その裏で、医療費がどんどん増えて、健康保険を維持していくこともあやうくなっています。老人の中には、ほかにすることがなくて病院に行く人もあるから、高齢者の医療費が医療費全体の四割にもなる。病院自体は儲かっているわけだから、医者はそれで文句は言わないでしょう。一方で、外科や産婦人科みたいにたいへんな現場から若い医者がどんどんいなくなって、騒ぎになっています。

サケと森

天野　林業の技能をもっている人は高齢になっていますが、まだ、います。しかし今、後継者に伝えないと、もう伝えられないくらいのところまで来ています。それが私たちが、「日本に健全な森をつくり直す委員会」をつくろうと思ったきっかけでもあります。

私は釣り好きで、特に川釣りが好きなので、一九歳の時から日本中の川を歩いてきました。そうする中で、森と海をつないでいる川を断絶するダムはないほうがいいと思い、ダムに反対する運動をやってきました。

二〇〇一年にカナダに行った時のことですが、人々が自然を再生している様子を目にしました。林業のためにつくられていた作業道をもとに戻したり、木を伐ったためにまっすぐになったり、埋まってしまった川を蛇行させたりしていました。この公共事業のきっかけとなったのは、ヴィクトリア大学のトム・ライムヘン教授による研究です。教授が、川の上流の両岸に茂っている木を調べたところ、海にはたくさんあるけれども、森にはほとんどないはずの「窒素同位体^{15}N」が含まれていて、それが森に栄養を与えていることを発見したのです。その理由を調べたところ、それを海から運んだのがサケであることがわかったのです。

サケは海から川を溯上《そじょう》し、自分の体を使って「海の栄養」を陸地深くに運び上げます。そのサケをクマが獲って、岸に揚げ、さらに森へと運んでから食べていたのです。サケは秋の四〇日くらいの間に川を溯ってくるのですが、クマの食べ残しを小さな動物たちが食べ、最後はウジムシまでがサケの恵みを享受する。こうして、海中にあった窒素同位体が木の中に入っていった。

ライムヘン教授と現地に同行した私は、それまでの自分に欠けていた視点に気づかされました。自分はこれまで川が大事だとか、川が好きだとか思ってきたけれど、どうして川の近くにある森のことを考えてこなかったのだろうと。私の右目はずっと川を見ていたけれど、左目ではきっと森を見ていたはずだ。川を大切に思うのであれば、森のこともきちんと考えなければならないと思ったわけです。

カナダでのこの公共事業政策にも、川と森、両方の視点が入っています。つまり、サケがより上流まで溯れるような自然の川を取り戻すこと。もうひとつは、そうしてサケが上流まで溯れると、それが木の成長に役立って、森全体の再生につながるということです。

私が「森里海連環学」という新しい学問に関わることになったのは、

それが広まり、ふつうの市民にも理解されるようになれば、ことさらダム反対運動をやらなくても、人々は、森と川と海がつながっていることの大切さを知り、そういう姿こそが自然だと思うようになるだろう、その連環を取り戻すために行動を起こす人が出るだろうと考えたからでした。

竹内　「森里海連環学」について少し解説しておきますと、私がその必要性を最初に感じたのは、一九七〇年代のはじめに北海道の演習林に採用された時です。それまで北海道の自然についてまったく知らなかったのですが、当時はちょうど大型機械による放牧地の大規模化の時代で、どんどん森を潰して畑にし、伐った木の根株や枝葉などは全部谷に放り込んでいるような状態でした。

ぼくは道東の白糠町《しらぬかちょう》にいたのですが、演習林から流れ出ている川にシシャモが溯ってきていました。ところが、数年もしないうちに、まったく溯ってこなくなった。それを見て、森が潰されていくのを黙って見ていていいのだろうか、と思い始めたわけです。

そこで始めたのが、日本人がどういうふうに森林を使ってきたのか振り返ってみる作業でした。すると、人との関わりのために、森がどんどん変わってきたことがわかりました。海で行われていた漁業、ニシンを原料にした絞油や魚粕製造の燃料となる薪炭材《しんたんざい》の生産のための木の大量伐採が、森を潰し、また、木材を流送することによって川を潰してきたのです。さらに、海に潰された森や川が、今度は、漁業や海を潰しました。環境問題は、森と里と川と海を分断したままでは、絶対に解決しない。森林を研究している人間は、森林だけ見ているだけではいけないし、森と川と海の間には、里が介在しているという事実にも気づきました。里が介在することによってはじめて連環が問題になるのだから、「森川海連環」でなく、「森里海連環学」という名前が必要だったのです。

その後一〇年間は、和歌山の演習林で森を明るくする活動を続け、京都に戻った直後に田中克さんに出会いました。田中さんは舞鶴にある水産試験場から戻って、京都大学の水産学科の教授を務めていました。その頃私は、芦生研究林長を務めていたので、ある時、一緒に実習をすることになりました。学生を連れて三泊四日で由良川《ゆらがわ》（京都大学芦生研究林から、南丹市、綾部市、福知山市を流れ、そして舞鶴市と宮津市の境界をなして若狭湾に注ぐ）の河口から水源までを歩いたのです。夜、議論をする中で、「俺たちがこの学問をつくらなければいけないのではないか」ということになったのです。

いまだに国土の六七パーセントもの面積を森林が占めています。四方を海に囲まれていて、海岸線の長さは中国よりも長い。これだけの海岸線をもっていて、しかもほとんどの川が海に直接流れ出している。こんな特別な環境は滅多にない。「森里海連環学ができるのは日本だけじゃないか」と話が弾みました。

天野　はじめて聞いた時、まさに「我が意を得たり」という思いでした。

木の歴史、森の歴史

竹内　生命は、海で始まったと言われています。それがやがて陸に上がり、海中、陸上それぞれで進化が展開します。海中で始まった生きものの連鎖ですから、陸上に森ができても、それが海とつながっていないはずはない。森ができ、広がっていく過程で人間は生まれました。はじめは人間は、完全に自然の中に埋没して生きてきた、つまり自然に生かされてきたのだと思います。後に森を出て、人間独自の生活空間をつくり、さらに、生活を安全で便利なものとするため、いろいろな技術を編み出していきました。生産、貯蔵、加工、運輸といった技術を、試行錯誤の中で獲得していったのです。

里というのは人間の生活空間のひとつの典型で、それを強くすることで、そこに暮らす人々の共同体を拡充していきました。ただその後、里の論理でまわりの自然をも改変していくようになります。そうして生まれてきたのが都市です。古代文明は、そうした自然環境の改変が行き着いた姿であり、黄河文明、メソポタミア文明、エジプト文明などは大規模な自然破壊の上に成り立っていて、いずれも現在では砂漠化していきます。

日本の歴史を見ても同じようなことはありますが、日本には恵まれた自然がありました。都市開発をしても、砂漠にならないですんできた。ただ、江戸時代になってどんどん人口が増える中で、森も川も海も荒れていきます。

天野　昔のほうが日本の緑は豊かだったと思いがちですが、決してそうでなかった。養老先生がよくおっしゃっていますが、江戸時代の日本の里山は禿げ山でした。

竹内　江戸時代のはじめの一〇〇年くらいの間に、北海道南部の渡島《おしま》半島から九州の屋久島にいたるまで、厳密な意味での天然林は消滅したと考えられています。

たとえば、天竜川沿いは農産物が少ないところなので、この頃には、租税として木材を納めていました。大きなままでは移動がむずかしいので、「くれ」と呼ばれるみかん割り（平面形状がみかんの房状になるように挽《ひ》かれるのでこの名がある）の状態にします。丸太が大きければ大きいほど、分割は細かくなります。四つ割り、六つ割り、八つ割りなどというのもありました。最小片は「尺上《しゃくがみ》」と呼ばれ、これは一辺が一尺ということで、一六二〇年頃には、これより小さいものは受け取ってもらえなかった。つまり、直径にして二尺以上の木でなければいけなかったことになります。

ところが、一六六〇年代くらいになるともう、太い丸太が枯渇してきて、ふたつ割りでようやく尺に届くような木しかなくなってしまう。直径で一尺以上ならよいと規準をゆるめなければならなくなりました。そこで幕府がやったことは、造林の奨励と督励措置でした。山に森をつくるのはもちろん、屋敷林の造成も奨励しています。また、軽犯罪者にたいする「過怠《かたい》の刑」として、林野に樹木を植えさせるという罰もありました。

こうした造林を奨励することで、江戸時代の大都市――江戸、駿府、名古屋、大坂といった町の後背地に、日本独特の林業が展開されるようになります。幕府が直接手がけたわけではなく、民間の人々が植樹をし、管理していきました。こうした森は、江戸時代中にだいたい形を整えて、江戸末期には、全国でおそらく六〇万ヘクタールくらいの人工林ができていたのではないかと想像されます。

明治維新以後、つまり、一九世紀の終わりから二〇世紀はじめにかけて、日本で産業が大発展した時代のエネルギー源は薪炭《しんたん》でした。それを確保するために政府がやったことがいくつかあります。大きいのは鉄道の国有化です。鉄道をどんどん延ばしていき、その鉄道のそばに生えている木をどんどん伐るためです。そして、伐った跡に針葉樹を植えていった。これがだいたい五〇〇万ヘクタールくらいだったと言われています。私はそれが日本の第一次の拡大造林だと考えています。

この時は、何もわからないまま、スギ、ヒノキを植えたので、当然ながら、冠雪害などによる失敗がありました。ドイツの場合、地象も気象も単純なので、植えるものの種類を間違えなければ、だいたいどこでも育ちます。一方、日本の場合には、複雑な地象、気象に加え、海象まで考慮しなければなりません。たいへん複雑なので、同じ樹種を、同じように植えると失敗しかねないのです。

養老　そのことは、先ほどお話しした和辻の『鎖国——日本の悲劇』を読むとよくわかります。

竹内　その時は、当時すでに有名だった吉野のスギと尾鷲《おわせ》のヒノキを全国にもっていったようです。このふたつは、両方とも太平洋側の木です。これらを日本海側にまで植えたため、雪害に耐えられずに枯れてしまったり、風害を受けて折れたり、倒れたりしました。結局、ほとんど成林しなかったのです。基本的にスギは、太平洋側のものと日本海側のものとで系統が分かれているので、日本海側にははじめから日本海側のスギを植えていれば、もう少しうまくいったかもしれません。この当時の植林は、太平洋側や中国山地の瀬戸内側などに残ったのですが、それも第二次世界大戦中、そして戦後にすべて伐られてしまいました。

同じ時期、つまり一九世紀の終わりから二〇世紀の初頭、ドイツも盛んに植林しています。これはシュヴァルツヴァルトなどとして今も残っています。ドイツは植林を成功させ、今も賢く使っているんですね。このへんが日本とはまったく違います。

結局、二〇世紀の科学は、自然という対象をぶつ切りにして、それぞれを研究していればいい、それぞれのつながりや関係など考えなくてもいいという発想があったように思います。森の研究者は森だけ、海の研究者は海だけと。でも、それではだめなのですね。全体を視野に入れて部分を見ていく必要がある。森、川、海、そして里を、全体として把握することが必要です。

天野　養老先生はよく、日本列島になんでこんなにたくさんの人が住んでいるのかとおっしゃいますが、私はやっぱり住みやすいからだと思います。まわりは四種の異なる海に囲まれています。海から立ち上った水蒸気が山に当たり、雨となって降り注ぐ。森が育ち、川が走る。川の水は海に流れ出て、また水蒸気になって山に戻って来る。山の高さも、富士山がいちばん高くて、三〇〇〇メートル級まで。普段から人が入れる低い山が多く、ほとんどの山が、いわば人の手が届くところにある。峠を越える道が至るところにあり、山の向こうに抜けて、次の集落にたどり着く。明治維新直後に日本に来た外国の人たちは、「日本はなんて美しく、幸せそうな国なんだろう」と言いました。この一五〇年くらいの間に、日本人は自分の国の恵まれた環境、暮らしやすさを忘れてしまいました。元来美しい国であることに早く気づいて、もっとこの国土を大切にしたほうがいいと思います。

原発問題で日本の自然に意識が高まった人たちもいます。こんなに地震が起こる国に、五四基もの原発があっていいのだろうか。そういう疑問をもつ人が増えているわけです。効率重視で進んできた一〇〇年間を、今こそ見直すチャンスです。

竹内　富士山の登山者を追うドキュメンタリー番組を見ていたら、登山者の半分くらいが若い女性なんです。やはり、体が都市から逃げ出したがっているんだと思います。彼女たちの多くはいずれはお母さんになるだろうから、あの人たちにきちんとわかってもらえれば、日本人が自然への気遣いを回復する可能性は高まってくると思います。

天野　この夏、「日本に健全な森をつくり直す委員会」の会合を京都大学で開いた時に、「林業女子」を招待しました。「林業女子会」というのが京都大学にできていて、他の大学にも同じような趣旨の会ができ始めているそうです。今、登山やトレッキングが好きな「山ガール」というのも流行っていて、林業女子はその延長なんだと思います。やがて母になる人にわかってもらうということは、自然の大切さ、すばらしさが子どもたちに伝えられていくことにつながっていくでしょうから、たいへん重要だし、近道であるような気がします。

無農薬野菜の問題も、お母さんたちから火がつきました。現在、生まれてくる多くの子どもがアトピーになっているのは、化学物質による複合汚染が原因のひとつにあるように思います。わが子のアトピーをなんとかしたいと思い、一本一〇〇円しても、無農薬のキュウリを買い求めるのです。今は、私は女性のほうが自然に対して強い危機感をもっていると、感じています。

休暇をとって、
田舎に行こう！

養老　若い男性は、仕事につかないと社会的視野があまり育たないし、仕事につくと今度は忙しいから、自然や食物のことは気にしていられないということになっている。

天野　田舎や森の近くで育ったからといって、森に関心が生まれるかといえば、そんなことはない。森の近くに生まれた人にとっては、森が身近にあることがふつうなわけですから、わざわざ森のことは考えないというところもある。都会の中で暮らしている人のほうが、むしろたまには森に行きたい、ということがあるのではないか。

養老　ぼくは、京都国際マンガミュージアムで、「親子夏休み昆虫教室」というイベントを続けています。ここで、夏休みに、標本のつくり方を教えているのですが、「子どもは行きませんが、私だけで行ってもいいですか」という親御さんがいる（笑）。親子で来たとしても、親のほうが熱心だなんてことも多い。

解剖教室となったら、熱心なのは親ばかりですね。子どもそっちのけで、楽しんでいます。自分に不足しているものが何かということもわかっているからでしょう。大人たちは、日常生活の中にふつうにあったはずの好奇心や関心を、知らず知らずのうちに切り落としてきてしまった、あるいは、切り落とさせられてしまったのではないかと思っています。

都市にはないけれども、田舎にはあるもの、はたくさんあります。たとえば、相模川の上流には、五〇〇軒くらいの別荘が建っています。あそこは渓流がたくさんあって、釣りができます。都市から少し離れた場所に別荘が建ち並んでいるのを見ると、結局、都市に暮らす人々も本当は、そういう場所に行きたいのだろうと感じますね。企業の偉い人たちはゴルフに出かけますが、そこには都市にはない「快」があるからでしょう。ぼくはいつも、そういう人たちに、ゴルフよりもスギの間伐をやれとか、田んぼの草むしりをやれとか言うのですが（笑）。

「快」、つまり、気持ちよく感じるということ、これは決定的に重要です。人間にとって当たり前の、自然な欲求です。それが不足していることに、都市生活者のほうが早く気づくのだろうと思います。そういうこともあって、ぼくは、現代版の「参勤交代」をやったらいい、と言い出したのだけれど、絶対にニーズはあると思うのです。一年のうちのある期間、都市を離れてみる。田舎に故郷がない人でも、どこか気に入った場所を見つけて、自然の近くに滞在してみる。もうひとつの生活環境が生まれるわけだし、「生」が豊かにならないはずがない。

ただ、田舎のすべてがいいなんてことは言いませんよ。ぼくがよく行く山梨の道志村は、子どもの肥満度が高い。今は地方で育った子どもほど肥満が多くなっています。田舎では、子どもを放っておくから、おやつのジャンク・フードが食べ放題。どこに行くにも、移動は親の乗用車。日中は、じいさんばあさんしかいない家で、テレビゲームばかりやっている。中学生になると突然体格がよく、健康的になるのは、全員が部活動をするからのようです。

子どもたちの体は、ちゃんと動かさなくてはいけないのだけれど、今では、都会の子どものほうがそれができているくらい。都市で生活していれば、車で移動というのはむしろ不便で、地下鉄に乗ったり、歩いたりするので、自然と体を動かすことになる。田舎の人は、「東京に行くと体を使う」と、みんな言いますよ。田舎では大人一人に車一台ですから、どこに行くにもゲートツーゲートでしょう。あんな生活していたらいけないわけです。

天野　養老先生の「参勤交代論」の出発点は、東京にいる人もたまには田舎に行って、田んぼ仕事をやったり、釣りをしたりすればいいのではということですね。私はこの参勤交代論に大賛成なのですが、これは、人口の移動につながる可能性ももっていますね。

養老　少し付け加えると、参勤交代論を思いついた時、じつは、霞が関の役人を念頭に置いていたのです。彼らは年次休暇を二週間もっていますが、それをまったく使わないでいると、翌年は持ち越し分を含めて最大三週間ということになってしまう。つまり、一週間損をするわけです。そして、いつまでたっても使わないからいつも三週間分もっている。これは絶対に使ったほうがいい。彼らの権利なのだし、健康のためにもそうするべきです。そうして、健康な体、すっきりした頭で、よい政策を考えてもらえばいい。

ぼくが「参勤交代」と言った時にイメージしたのは、フランスの「バカンス」でした。一九三〇年代のレオン・ブルームの人民戦線内閣の時につくられた制度で、意外に新しい。労働者のためにと思って、左翼が考えた制度ですが、ブルジョワ層を含め、フランス人にあれだけ定着した理由は、やっぱりニーズがあったからですね。

日本の職場では、雰囲気として、休暇が取りにくいと聞きますが、ぼくは、会長や社長がゴルフに行っているならば、若い人が休暇を取って何が悪いんだと思っています。そうやって休みなく働き詰めに働いていることが、国民の健康状態を悪くしている要因だというのが、医者としての見立てです。うつ病になってまで働いて、しかも給料は上がらないまま、医療費を払っているなんて、バカみたいですよ。

一方、田舎では、人手が足りず、農業をするにも人件費を払って人を雇わなければならない状況にあります。結局、雑草をとる人手がないからといって除草剤を撒く。その農薬依存でつくられた野菜を消費しているのが都会の人です。そんなことなら、都会の人を田舎にまわせばいいじゃないかというわけです。われながら、乱暴な話ですけれどもね（笑）。

天野　フランスでは、一九八〇年代にも、田舎に人を帰そうという政策をとっています。

ドイツには、「クラインガルテン（Kleingarten）」という政策があります。これは、都市で、集合住宅の二階より上に住むドイツ国民であれば、年間三万円くらいの金額で、誰でも自分の家から歩いて一〇分くらいのところに畑がつくれるという政策です。一五〇年間続いていると教えられました。そしてこれは、都市の「緑化政策」にもなっている。日本では、こういった問題がきちんと政策として取り上げられていないのです。

自然と接する力

養老　参勤交代のようにして大都市から離れることが、人々にどんないい影響を及ぼすかは、科学的に検証できるものではありません。科学的な意味での計算も計測もできないのです。しかし、ぼくには、何かが変わるはずだという確信があります。人間には考え方のクセがあり、特に都会の人は、すぐ利益や効用、効果を考えてしまう。そして、利益、効用、効果が明白でないものは、思考の外に追いやられます。本や新聞の悪いところでもあると思うのですが、何から何まで説明しようとする。そうすると知らず知らずのうちに、人はその説明できる枠の中でのみ動こうとします。これでは、つまらないのは当然です。

一方、最近、自然に関して、見当外れな振る舞いをする人がものすごく増えてしまいました。そういうことをしてはまずいでしょうということを、平気でやってしまいます。

天野　自然と接する力をなくしているということですか。

養老　いや、それは誰でももっているはずなんです。現代的な生活によって、頭や意識が自然と切れてしまっていても、人間の体は相変わらず自然ですから、誰しも、自然とどう対応すべきかは先天的に知っているはずなのです。

自然への対応という点で、人間はものすごく高い能力をもっています。ただ、それを都市生活によって殺してしまっているので、おかしなことになる。あるいは、自然への感覚を発達させることができなくなってしまっているのかもしれません。だから、「森や田舎に行ってごらんなさい」としか言えないんです。そもそも人間がもっている自然にたいする能力は非常に高い。それは近代科学などとは無関係に、本来具わっているものなのです。

『銃・病原菌・鉄』（草思社）という本を書いたジャレド・ダイアモンドは、アメリカのモンタナ州に住み、思想的な環境運動をやっていた生物学者です。彼は、分類学者として、ニューギニアの極楽鳥をすべて調査し、種類分けしました。彼が驚いたことには、多種の極楽鳥が、現地の人によってすでにきれいに分類され、現地名がつけられていたのだそうです。

つまり、ニューギニアの現地人が見ようが、専門の教育を受けた分類学者が見ようが、種の区別はできるのです。これについて、自然がそのように分かれているのだから当たり前だ、という考え方も成り立ちますが、自然に対する人間の認識能力は、現地人であろうと、鳥の専門家であろうと、同じであるとも言えます。プロとして教育されることがなくても、それが生活に関わっている限りは、限度まで認識がちゃんと発達するということでしょう。自然と接する力は誰でももっているのです。

天野　先ほど、サケが森を育てていることがわかったという、カナダでの話を紹介しました。その日、調査から戻ってきて、先住民族が暮らしているところでお茶をいただいたのですが、同じような経験をしました。

私が、「今日はいいことがあったの」と言ったら、「どんなことなの」と、おばあさんが聞いてきました。「サケが森を育てているということがわかったんです。窒素同位体の^{15}Nを使って調べたんですよ」と答えたら、「それはよかったわね。あなたは本当に幸せね。でも、こんな詩があるのよ」といって、歌うように朗読してくれました。「サケが森をつくっている。神様がサケに、森をつくる役割をお与えになった」。カナダの先住民族の人たちは、サケが森にとってなくてはならないものであることをずっと前から知っていたんですね。それを詩にして、口づてに伝え続けていたのです。

日本でも似た体験をしています。ある時、大井川の河口で三代続く海の漁師さんが話してくれました。その漁師のおじいさんは洪水になると、自分を川のそばに連れて行って、「坊、洪水の時は、森から魚の卵が流れてくるんだよ」と言ったというのです。

少し大きくなってから、洪水の時に、「魚の卵が流れてくるから、みんなで探そう」と子ども同士で探してみたけれども見つからなかった。長じて、漁師になり、あの時におじいさんが言っていた「魚の卵」というのは、「上流の森から流れてくる魚にとっての養分」のことだと気づいたというのです。

養老　人間が、いかに自分の能力を限定して使わされているかがわかりますね。都市の生活は、特にそうです。都会にいると、人間がもともともっている感覚を発揮する場がない。乱暴に言うと、都会はもう人間はいらない場所になっている（笑）。

竹内　コンピュータとロボットがあれば、人がいなくても町は十分に機能するんじゃないですか（笑）。

養老　そして、人のことは人件費と見る。効率主義ここに極まれり、ですね。

天野　川ばかりではなく、森を見なければいけないと気づいた私は、『森林組合』という雑誌に、「原稿料は安くていいから、原稿を書かせてくれ」とお願いし、全国をまわりました。昔、全国で一二〇〇あった森林組合が、今は七〇〇になっています。そのほとんどは、老事務員が朝九時からコーヒーを飲みながらストーブにあたっているという感じでした。そうした状況の中で、ちょっとでも元気なところを探して訪ねて行きました。

徳島県のある村では、大阪で餃子やピザを焼いていた若者がIターンしてきていました。自分の森と隣の森との境がわからない所有者のために、昔から山のことを知っている地元のおじいさんと一緒に山に入り、境界線を確定する調査をしていました。これを、地籍調査といいます。木材を生産する第三セクターの会社が、そういう若者たちを雇っています。そのおじいさんたちは今も元気で教えてくれていますが、彼らがいなくなったら、もう土地の境界線さえわからなくなってしまいます。

私たちは、木や森についての知恵の伝承、林業の技術・技能の伝承を即座に始めなくてはならないことがわかりました。それも、全国規模で取り組むことが必要です。

一方で、高度成長期に山村は都市に人口を奪われました。ただ、現在、都市居住者でも自然と触れ合いたいと思っている人が増えつつあります。今度は山村に移動してもらい、そこに生業として林業という仕事があったらいいのではないか、そうすれば日本の森は守れるのではないかと考えているのです。

ただ、林業だけでは食べてはいけないだろうから、自分と家族が食べる分の米や野菜は自分でつくれるようになるのが望ましい。そうした農業技術もてればいいのではないか。自分で食べる分なら、キュウリが曲がっていようが、キャベツの葉っぱに穴があいていようがかまわないから、わざわざ危険な農薬にお金をかける必要はありません。

私と竹内先生は、高知県の横浪半島のすぐ近くを流れる仁淀川《によどがわ》をベースに活動をしてきました。竹内先生と約束したのは、「自分たちが死ぬまでに、仁淀川の源流域の一〇〇〇ヘクタールを間伐しよう」ということでした。そして、二人だけでなく、さまざまな人に参加してもらえるような活動に広げていこうと誓ったわけです。二〇〇五年からは、島根県の高津川でも活動を始め、養老先生にも足を運んでいただいています。

竹内　高津川は、もっと大規模ですね。高津川流域、益田市と津和野町と吉賀町の全森林一二万ヘクタールをどのように保全していくのかということですから。

天野　全流域で間伐を行う計画があります。きっかけは二〇〇三年のことでした。『日本の名河川を歩く』（講談社）という本を書いて、全国の天然アユが溯る四〇の名川を選び、「ダムがない」、「子どもが川で遊んでいる」、「川魚を食べる文化がある」、「川下りの舟がある」などの一〇項目を掲げ、五点満点で点数をつけました。すると、高津川が最高点になったのです。

その後、高津川にアユ釣りに通うようになり、そこで田村浩一さんに出会うのです。田村さんは、高津川流域の木と自然素材を使った「木の家」を提案する工務店の社長さんです。田村さんは林業に深い関心をもっている方で、竹内先生やニコルさんを呼んで、「森里海連環学」を一緒に勉強しようということになりました。こうして、「清流高津川を育む木の家づくり協議会」ができるのですが、養老先生は島根県中山間地研究センターの特別顧問でもあるので、またお願いをして、この協議会でも名誉委員長になっていただきました。

内閣府の「新成長戦略」に「『元気な日本』復活のシナリオ」（平成二

十二年六月十八日閣議決定）というものがあります。これは地域活性化のための施策のひとつで、「総合特別区域」を創設して、民間と国が協力して成果を上げようというものです。

高津川では今、現代の「参勤交代」を実現するため、この総合特別区域の指定を受けて挑戦しています。「森里海連環高津川流域ふるさと構想」を始動させ、田舎に人口を戻す、林業を再生する、田舎に仕事をつくって健康的な生活ができるようにする、といったことを目指し、流域が一体となって取り組んでいるところです。

「美しい」は、

「うれしい」

養老　不思議な偶然ですが、天野さんの高知での活動の少し前に、ぼくは自分一人で四国で調査をしていました。四国はおそらく、地質的に東と西とに分かれていた時期があったはずだ――。これは、地質学者は言っていませんが、虫の分布を見ると、東西で分断されていたと考えざるをえないのです。これには吉野川の流れも関係しています。

この四国にある東西の分割線を延長していくとどこに行き着くか。それがなんと、高津川の流域なのです。四国のある地域と、中国地方の高津川流域で、何かが似ている。つながりがあるんだと思います。それで、中国地方もしばらく調べました。

虫が捕れるかどうかは、その地域の環境と深い関係があります。環境が保全されていなければ、虫は生息していません。日本の場合は、東京なら高尾山、関西なら奈良の春日山というように、いちばん、環境が保全されているのは、基本的には神社仏閣のまわりの山です。つまり、人間がほどよく自然と付き合っているところ、ほどよく手を入れてきたところが、いちばん虫が捕れるわけです。これが、日本人の自然なのだと思います。大和三山とか春日奥山も虫は多様で豊富ですね。世界中を見渡してみても、人間が植えたのならともかく、大都市の近郊にあれほど大きな森はふつうはありません。現在、かなりの森に育っていて、とんでもない種類の虫が生息しています。

竹内　今、私が心配しているのはドングリです。広葉樹がいいと言って、どこでもナラを植えようとしています。どこからきたのかわからないナラを植えるのは危険です。広葉樹の仲間を食料にしている昆虫は特に多いので、何が起こるかわからない。日本の森をむちゃくちゃにしてしまいかねない。

養老　種類にもよりますが、どこから移ってきたかわからない虫は、やたらに増えることがあります。今、箱根では、ちょっと前までは九州でしか捕れなかった虫がいやというほど捕れます。調べてみたら、箱根で造園をするのに、九州から苗木を運んだようなのです。それについてきた虫が箱根にばーっと広がった。

これまで何度か話題に上ったスギですが、そのスギの植生と完全に一致して広がってしまった虫がいるんです。本来、ローカルにしか、つまり、ある限られた地域にしかいないはずの虫が、日本全国にわたって生存している。今はもう広がってしまっているから、どこがその虫の原産地かわからないけれど、だいたいの推測はできます。それは、スギがもともとどこにたくさんあったのかということから、当たりをつけるしかないわけです。

天野　養老先生は、虫が好きで虫を捕られていますが、虫を見る時に、その背後にある森や自然も見ているわけですね。

高津川では、六年前から、林業を担当している若い行政マンが中心になって、「明るい人工林」をつくっていきましょうと、「森仕事引き受け隊」が結成されました。竹内先生が指導されています。高津川流域は、日本のほかの地域に比べて、大造林が行われるのが一〇年遅れました。ですから、今、間伐すれば、残った木は太って、森全体がよくなっていくチャンスがあるので、みんなで勉強しながら取り組んでいるのです。

竹内　そこで私がやっているのは、基本的には「山を見る」ことです。みんなで一緒に森を見て、森にたいする手の入れ方を考え、さらに、五年後の姿をイメージします。五年後、もしイメージどおりにならなかったなら、どこが違ったのだろうかと考える。この作業を積み重ねていき、どんどんスキルアップしていくのが理想です。私は一貫して、「明るく美しい森がいちばん生産力が高い」と考えてきました。もちろん、いろいろな意味での生産力です。五年後に森が少しでも明るくなっていれば、取り組みは成功です。

シュヴァルツヴァルトは人工林ですという話をしましたが、そこではハイキングやトレッキングはもちろん、サイクリングや乗馬もできます。日本にはそんな人工林はありません。でも、ちゃんと取り組めば、できないはずはありません。もっともっと楽しい森ができる。それが私の考える、「明るい森」のひとつの形です。

「散歩したくなるような美しい森」をと思ってやってきましたが、三〇年くらいずっと関わってきた京大の「阪本奨学会」の森（奈良県東吉野村）は、結構楽しいですよ。一面にコアジサイが咲いていていて、次の角を曲がると、トウゲシバのグリーンが張り付いているようなところがあったり。

これから全国にそういう森をつくりたいですね。吉野に行けば、そういう森がいくつかありますが、まだまだ少数です。だからこそ、高津川の人たちと協力して、そういう森をつくろうとしています。私にもし「マニュアル」があるとすれば、「明るい森」を目指す、それだけですね。

養老　今の話を補足します。美しいということを、理科系の人はあまり考えないだろうと、多くの人は思うかもしれません。でも、それは間違いです。ぼくが仕事を始めた頃、日本に電子顕微鏡が入ってきました。電子顕微鏡で細胞を見ると、死んだ細胞もあるわけですから、それが実際に生きている細胞とどれくらい違うのか、研究者が最終的に判断しなければならない。その時にどうするかと言うと、その細胞の像が美しいかどうかで決めるんです。生きものがこんな汚いはずがないと。この判断がかなりたしかなんですね。

こういうことを言うと、「なぜ生きものはこんなに汚いはずがないと思うのか」と聞く人が出てくるのですが、まさにそこなんです。

ぼくは、日本でいちばんきれいな風景のひとつは四国の新緑だと思っています。四国の森は、たくさんの木々が互い違いになって万華鏡のように見える。あの美しさはパッチワークの美しさです。なぜそんなふうになるのかと言うと、長い時間の中でこの木とこの木は隣り合っていなければならないとか、この植物の隣にいてはだめだとか、膨大な時間の中で培われてきた自然のルールに従って生えているからです。日本は木の種類が多いので、木と木の組み合わせも、相性も無限ですが、たがいに関係性があります。そういう植物の協力関係をパッチワークのようにして見せてくれているから、ものすごく魅力的で、美しく見えるわけです。

わかりやすいのは、葉っぱです。太陽は一日かけて、東から西に動いていきます。それぞれの木は一日にもっとも多くの日光を受けられるように葉っぱを並べます。葉っぱのつき方や大きさは木の種類によってみんな違います。一枚一枚の葉っぱをとってみても、生えかけもあれば、生えちゃったものもあり、非常に複雑です。しかし、それらの葉っぱをどう並べたらいちばんいいのかという難問を木は解いている。最新鋭のスーパーコンピュータでも解けないような、非常に複雑な問題を、自然は何億年もかけて解いてきたのです。

今、ぼくたちが見ているのは、自然が出したその答えです。そしてその答えが、えもいわれぬ美しさをもっているから感動的なのです。ある木がもし、葉っぱの最適な色、角度、方角という問題が解けなかったとしたら、他の木に負けてしまいます。その時は、その植物は消滅してしまう。自然とはそういうものです。

そういう複雑な問題の答えだけを見せられているのが人間です。だから、ぼくは、それを「カンニング」だというんです。脳は自然と同じようにできていますから、複雑なものを見ていると、エネルギーがもともいらない状態になる。むずかしく言うと、「多次元空間の安定平衡」となるのですが、頭の中のいろいろな物差しで計って、エネルギーが最適な状態になっている。こういう状態だと、脳は疲れない。快適だ、ということになる。「美しい」ということは、「うれしい」ということなのです。

葉っぱと対照的なのは太陽電池ですよ。平らなパネルが一方向を向いて並んでいるだけで、なんにも考えてない（笑）。

天野　先ほど、竹内先生は「美しい森」は生産性が上がるし、散歩したくなるとおっしゃっていましたが、養老先生にとっては美しい森とはどういうものですか。

養老　そんなのは、はっきりしていますよ。虫がいる森です。真っ暗な森には何もいません。暗い森には、木の上から落ちてくる死骸を運んでいるアリしかいない。ぼくは、「そんなのは森じゃない、地下と同じだ」と言っている。

熱帯雨林でも同じことが言えます。一九世紀の博物学者H・W・ベイツが、『アマゾン河の博物学者』（新思索社）に書いていますが、アマゾンのジャングルの中を歩いても虫はまったく捕れない。人間は自分が歩いているところを地面だと思っていますが、アマゾンではサルもヘビも鳥もみんな日が当たる木の上にいる。地面では上から落ちてくる死骸をアリが片付けているだけ。多くの生きものたちにとっては、実際の地面ではなく、太陽の当たる木の上が地面だからです。日本の照葉樹林も完全に横に広がったら、真っ暗になってしまう。いるのはせいぜい蛭《ひる》くらいということになるな。

〔終わり〕

解説

天野礼子

養老先生とのおつきあいが始まる以前から、私は、高知県の仁淀川や島根県の高津川へ、夫が休みになると一緒に出かけて、川や森で遊んでいた。そういったことを「参勤交代」と名付けられたのが、養老先生だった。

日本人に多くなっている鬱を心配し、関東大震災級の地震が来たら（といっていたら、本当に来てしまったのだが）、また、日本人全体が暗い気持ちになって、戦争へ走っていってしまうようなことになるんじゃないかと憂慮され、だから身体を動かして、心身共に元気になるようにしておこうとおっしゃる。

これが究極の「養老孟司の幸福論」ではないか。

「現代の参勤交代」には、次のような効用があると、本の中で、あるいは講演などで、先生はくり返しおっしゃっている。

一、来るべき大震災に備えて、災害時の避難地をつくっておく。そのためには田舎に「第二の親類のような関係」もつくっておくとよい。

二、「クラインガルテン」（ドイツ）、「ダーチャ」（ロシア）、「アロットメントガーデン」（イギリス）のような〝市民農園〟を、政府や自治体が田舎につくり、そこへ都市生活者を週末に向かわせることによって、次の効果が期待できる。

・「身体」を動かすことによって、「精神の健康」を取り戻すことができ、鬱が解消できる。

・「石油」が枯渇した時には「流通」が止まる可能性があるが、田舎の「第二の家」で農地を耕す訓練をしておくことによって、食料自給の手法を確立できる。

三、田舎にその地域の材で「木の家」をつくることで、地域材の出口となり、木質バイオマスエネルギー使用を含めた「国産材の利用促進」に貢献ができる。

こんな養老先生に私は、二〇〇五年に出逢い、京都大学が提唱していた「森里海連環学」を広めたいので手伝ってくださいませんか、と持ちかけた。「森里海連環学」は、京都大学のヒラメの研究者と、森の研究者が立ち上げた学問で、「森と川と海とが連なり、繋がっていることを、二一世紀には一番大切にしよう」というもの。二〇世紀には生物の中で人間だけが猛スピードで環境破壊を続けてきたが、二一世紀も同じことをやるのかと、問うている。

この学問をつくられた森の研究者というのが竹内典之先生で、養老、竹内、天野は、本書で「森は明るくなければならない」という鼎談をしている。竹内先生は、演習林から京都大学へもどられ、教授会にばかり出なければならなくなった時に、それまではダルマ（サントリーのウイスキー）を一晩に一本も空けるほどの酒豪であられたのに、ある夜まったく飲めなくなり、病院で「それは山に行きたい病ですよ」と診断されたというエピソードの持ち主。いわゆる鬱だったのであろう。

こんな竹内先生と養老先生と私は、「日本に健全な森をつくり直す委員会」を二〇〇八年に立ち上げることにした。

戦後の日本は、戦地から帰ってきた人々の住宅再建や戦火を受けた都市の復興のために〝大造林〟を行ったが、そこで二つの「まちがい」をしていた。一つは、スギ、ヒノキ、カラマツなど成長の早い樹種の人工林だけをつくったこと。もう一つは、その人工林が成長するまでに外国の材を輸入して使う「社会システム」をつくってしまったことだった。

これらが、日本林業の成長にとってはよくなかったことが、今では明らかになっており、鼎談の中でも、詳しく話している。

さて、本書の中で、養老先生はこうおっしゃっている。

「ぼくはいつも「都会が家なら、山は庭だろう」と言っています。余裕があったら庭の手入れをしなさいと。貧乏ならばそんな贅沢をする余裕はないでしょうが、今の日本は金持ちになったのに、なぜ庭を放っているのかと思うのです。もっと国土に関心をもってよ、と言いたい。」

また、「はじめに」では、こうも書いておられる。

「現在の日本人は自分が食物からつくり出すエネルギーの四〇倍の外部エネルギーを消費している、という計算があります。それが可能なうちはいいのですが、できなくなったらどうするのか。それだけが問題なのではありません。そうした「豊かな」エネルギーの下で暮らすことが、真の生き方なのか。今はそれが問われている時代だと思います。」

『庭は手入れをするもんだ』が単行本として発刊されて以降、二〇一三年七月には藻谷浩介氏の『里山資本主義』が、二〇一四年八月には増田寛也氏の『地方消滅』が発刊されて、版を重ねている。日本中の多くの方が、「金」が支配してきた生き方を二一世紀もこのまま続けてよいのかと考え始めているのではないか。今では藻谷さんも、私たちの委員会の一員となっていただいている。

このたびの文庫化は、そんなタイミングの中で実現した。私達「日本に健全な森をつくり直す委員会」は、それを喜びとしつつ、新しく読者になってくださるみなさんに是非、わが「委員会」の「第一次提言書」と「第二次提言書」を読んでいただきたいと希望している。詳しくは委員会のウェブサイトをご覧ください（https://www.kenmorij.org）。

本書を読んで、日本の森に関心をもってくれる人が一人でも二人でもふえてくれれば、こんなにうれしいことはない。

（ＮＰＯ「日本に健全な森をつくり直す委員会」事務局長）

編集協力
日本に健全な森をつくり直す委員会
戸矢晃一

本書は、『庭は手入れをするもんだ——養老孟司の幸福論』
（二〇一一年十二月　中央公論新社刊）を改題したものです

中公文庫

養老孟司《ようろうたけし》の幸福論《こうふくろん》
――まち、ときどき森《もり》

2015年7月25日　初版発行
2022年8月30日　3刷発行

著　者　養《よう》老《ろう》孟《たけ》司《し》

発行者　安部順一

発行所　中央公論新社
〒100-8152　東京都千代田区大手町1-7-1
電話　販売 03-5299-1730　編集 03-5299-1890
URL https://www.chuko.co.jp/

印　刷　三晃印刷
製　本　小泉製本

Published by CHUOKORON-SHINSHA, INC.
Printed in Japan　ISBN978-4-12-206140-8 C1130

定価はカバーに表示してあります。落丁本・乱丁本はお手数ですが小社販売部宛お送り下さい。送料小社負担にてお取り替えいたします。

各書目の下段の数字はＩＳＢＮコードです。978－4－12が省略してあります。

中公文庫既刊より

う-15-9
文明の生態史観
梅棹忠夫
東と西、アジア対ヨーロッパという、慣習的な座標軸のなかに捉えられてきた世界史に革命的な新視点を導入した比較文明論の名著。〈解説〉谷　泰
203037-4

う-15-10
情報の文明学
梅棹忠夫
今日の情報化社会を明確に予見した「情報産業論」を起点に、価値の生産と消費の意味を文明史的に考察し、現代を解読する。〈解説〉高田公理
203398-6

う-15-12
行為と妄想　わたしの履歴書
梅棹忠夫
すべての探検と学究の糸口は妄想からはじまった。国立民族学博物館初代館長、碩学が初めて綴った、思索の道筋。日経新聞「私の履歴書」に大幅加筆。
204006-9

う-15-15
女と文明
梅棹忠夫
半世紀以上前に発表するや賛否両論の大反響を巻き起こした「妻無用論」「母という名のきり札」。先見的な女性論、家庭論を収録。〈解説〉上野千鶴子
206895-7

た-20-2
脳死
立花隆
人が死ぬというのはどういうことなのか。人が生きているとはどういうことなのか。驚くべき事実を明らかにして生命倫理の最先端の問題の核心を衝く。
201561-6

た-20-10
宇宙からの帰還　新版
立花隆
宇宙体験が内面にもたらす変化とは。宇宙飛行士十二人に取材した、知的興奮と感動を呼ぶ壮大な精神のドラマ。〈巻末対談〉野口聡一〈巻末エッセイ〉毛利　衛
206919-0

あ-5-3
「日本文化論」の変容　戦後日本の文化とアイデンティティー
青木保
「日本独自性神話」をもつくり出した、その論議の移り変わりを、戦後の流れのなかで把えなおした力作。吉野作造賞を受賞したロングセラーの文庫化。
203399-3

各書目の下段の数字はISBNコードです。978－4－12が省略してあります。

か-89-1
老いへの不安 歳を取りそこねる人たち
春日武彦
よく老いることは、むずかしい。老人たちの不安に向き合ってきた精神科医が、老いゆく人の心に迫る。哀しくもおかしな老いの見本帳。〈解説〉宮沢章夫
206744-8

き-3-3
ものぐさ精神分析
岸田秀
人間は本能のこわれた動物――。人間存在の幻想性に鋭く迫り、性から歴史まで文化の諸相を縦横に論じる注目の岸田心理学の精髄。〈解説〉伊丹十三
202518-9

き-3-4
続 ものぐさ精神分析
岸田秀
人間の精神の仕組を「性的唯幻論」という独自の視点からとらえ、具体的な生の諸相を鮮やかに論じる岸田心理学の実践的応用篇。〈解説〉日高敏隆
202519-6

た-77-1
シュレディンガーの哲学する猫
竹内薫
竹内さなみ
サルトル、ウィトゲンシュタイン、ハイデガー、小林秀雄――古今東西の哲人たちの核心を紹介。時空を旅する猫とでかける、「究極の知」への冒険ファンタジー。
205076-1

と-12-3
日本語の論理
外山滋比古
非論理的といわれている日本語の構造を、多くの素材を駆使して例証し、欧米の言語と比較しながら、日本人と日本人のものの考え方、文化像に説き及ぶ。
201469-5

と-12-8
ことばの教養
外山滋比古
日本人にとっても複雑になった日本語。時代や社会、人間関係によって変化する、話し・書き・聞き・読む言語生活を通してことばと暮しを考える好エッセイ。
205064-8

と-12-11
自分の頭で考える
外山滋比古
過去の前例が通用しない時代、知識偏重はむしろマイナス。必要なのは、強くてしなやかな本物の思考力です。人生が豊かになるヒントが詰まったエッセイ。
205758-6

か-4-3
養生訓
貝原益軒
松田道雄訳
益軒の身体的自叙伝ともいうべき「養生訓」は自然治癒の思想を基本とした自主的健康管理法で、現在でもなお実践的価値が高い。〈巻末エッセイ〉玄侑宗久
206818-6